KB139553

# 섬데이
someday

청소년 소설 _04

# 섬데이

글 루이스 새커 | 옮김 김영선

펴낸날 2020년 7월 3일 초판 1쇄 | 2022년 4월 11일 초판 3쇄
펴낸이 김남호 | 펴낸곳 현북스
출판등록일 2010년 11월 11일 | 제313-2010-333호
주소 07207 서울시 영등포구 양평로 157, 투웨니퍼스트밸리 801호
전화 02) 3141-7277 | 팩스 02) 3141-7278
홈페이지 http://www.hyunbooks.co.kr | 인스타그램 hyunbooks
ISBN 979-11-5741-207-5  43840

편집 이경희 | 디자인 김홍비 김영미 | 마케팅 송유근 함지숙

# 섬데이
## someday

루이스 새커 글 | 김영선 옮김

재미있는 농담이 잔뜩 나오고
좋은 이야기를 담고 있는 이 책을,
어떤 책이 좋은 책인지 아닌지
냄새만 맡고도 단박에 알아낼 줄 아는
사람들에게 바칩니다.

# 차 례

# 문어

앤젤린 퍼소폴리스가 말했다.

"문어."

앤젤린은 겨우 갓난아기였다. '문어'는 앤젤린이 세상에 태어나서 처음으로 한 말이었다. 그러니 어처구니없는 일이었다.

앤젤린 말을 들은 사람은 앤젤린의 엄마 니나뿐이었다. 니나의 큰 눈은 평소보다 더 커졌다. 니나는 기쁨에 겨워 소리쳤다.

"아벨! 앤젤린이 말을 했어요. 처음으로 말을 했어요, 아벨!"

앤젤린의 아빠는 앤젤린이 누워 있는 아기 침대가 있는 거실로 후다닥 뛰어 들어왔다.

"뭐라고 말했어요?"

니나는 갑자기 매우 어리둥절한 표정을 지었다.

아벨이 재촉했다.

"어서, 니나. 뭐라고 말했냐고요?"

니나는 이상한 표정을 지으며 남편을 쳐다보았다.

"애가…… 문어라고 했어요."

"문어?"

엄마와 아빠는 고개를 돌려 엄지손가락을 빨며 평화로이 누워 있는 딸을 바라보았다.

아벨은 달리 어떻게 해야 할지 몰라 의사에게 전화를 했다. 이 일이 '어처구니없다'고 말한 사람이 바로 그 의사였다. 의사는 니나의 부모에게 아무 걱정 할 필요 없다고 했다. 앤젤린이 그저 옹알이로 '무'와 '운'과 '어'를 따로 말했는데, 그게 우연히 엄마의 아마추어 귀에 '문어'로 들린 것뿐이라고 했다.

이 설명을 듣고 앤젤린의 부모는 마음이 놓였다. 앤젤린은 문어를 본 적이 없는 데다, 앤젤린 앞에서 '문어'라고 말한 기억도 없으니 모든 것이 우연일 수밖에 없었다. 사실, 니나와 아벨은 앤젤린 앞에서뿐만 아니라 아예 '문어'라는 말을 한 기억이 없었다.

그러니 아무 문제가 없는 듯했다. 하지만 정작 문제는 앤젤린이 자신이 '문어'라고 말한 사실을 지금도 기억하고 있다는 것이다. 앤젤린은 지금 여덟 살이다. 눈은 엄마를 닮아 크고 초록색이며, 머리카락은 아빠를 닮아 칠흑 같은 검은색이다. 앤젤린은 보들보들한 분홍색 이불을 덮고 아기 침대에 누워 평화롭게 바다와 물고기에 대해 생각했던 일을 지금도 기억하고 있다. 특히 다리가 여덟 개에 우스꽝스럽게 생긴 동물을 생각했던 일을 기억하고 있다.

태어나기 전부터 우리가 알고 있는 것들이 있다. 앤젤린은 커 가면서 그렇게밖에 설명할 수 없는 많은 사례들을 보여 주었다. 앤젤린이 세 살 때, 엄마 니나 샌드포드 퍼소폴리스가 세상을 떠났다.

그러니 세상에는 우리가 절대로 알 수 없는 것들도 있다.

# 1
## 언젠가 앤젤린은

앤젤린은 두 다리를 소파 위에 올려놓은 채로 거실 바닥에 누워 책을 읽고 있었다. 거실은 앤젤린의 침실이기도 했다. 소파를 펼치면 침대가 되었다.

앤젤린이 읽고 있는 책은 아름다운 여인을 사랑했지만 그 여인의 사랑을 받지 못해 뱃사람이 된 남자에 관한 이야기였다. 남자는 여인을 잊기 위해 배를 탔지만, 결코 여인을 잊을 수가 없었다. 하지만 훌륭한 뱃사람이 되었고, 애꾸눈 해적과 싸움을 벌였다.

앤젤린은 알고 있는 모든 것들을, 태어나기 전부터 알고 있던 그 모든 것들을 어떻게 알게 되었을까? 이것을 애써 알아보려고 한 사람은 없었다. 대신에 사람들은 앤젤린에게 별명을 붙여 주었다. '천재'라는 별명. 별명을 붙인다고 설명되는 것은 하나도 없었지만, 사람들은 그것을 만족스러운 설명으로 여겼다. 예를 들면, 앤젤린은 늘 다음 날의 날씨를 알아맞혔다. 누가 '그걸 어떻게 알지?'라고 물으면, '걔는 천재잖아.'라는 답이 돌아왔다. 그러면 뭔가 설명이 된 것 같았다. 이런 식으로, 그 누구도 앤젤린을 제대로 이해하려고 노력하지 않았다.

아파트 문밖에서 아빠 소리가 들렸다. 앤젤린은 책장을 접어 읽은 곳을 표시해 두고는 아빠를 맞이하기 위해 후다닥 나가서 문을 열었다.

아벨이 앤젤린을 밀어내며 말했다.

"샤워하기 전에는 아빠 안으면 안 된다. 아빠 몸에서 쓰레기 냄새 나니까."

"나는 아빠 냄새가 좋아요."

"쓰레기 냄새가 좋다고?"

"좋아요."

앤젤린은 화장실로 들어가는 아빠를 가만히 지켜보았다. 아빠가 들어가자마자 샤워기 물소리가 들렸다.

'아빠는 세상에서 옷을 제일 빨리 벗는 사람일 거야!'

앤젤린 아빠는 환경미화 부서에서 쓰레기차 모는 일을 했다.

이상하게도, 아벨은 앤젤린을 두려워했다. 아벨은 예전에 악기점에 들렀을 때의 일을 기억하고 있었다. 그때 한 번도 피아노를 배운 적이 없던 앤젤린이 피아노를 연주했다. 상점 안에 있는 사람들이 모두 멈춰 서서 앤젤린의 연주를 들었다. 아벨이 기겁할 정도로 아름다운 연주였다. 그날 이후 아벨은 두 번다시 앤젤린을 그 악기점에 데려가지 않았다.

어찌 보면 아벨은 앤젤린을 두려워한다기보다는 자기 자신을 두려워했다. 멍청한 짓을 해서 딸을 망칠까 봐 두려웠던 것이다.

'나 같은 바보가 어떻게 천재를 키울 수 있겠어?'

아벨은 종종 그런 의문을 품었다. 사람들이 딸을 천재라는 별명으로 부르지만 않았어도 지금의 절반만큼도 두려워하지 않았을 것이다.

아벨은 파자마와 가운을 입었다. 아직 여섯 시도 되지 않았는데 벌써 잠옷을 입은 것이었다. 아벨은 밤에는 절대로 밖에 나가지 않았다. 지난 오 년 동안 단 한 번도 나가지 않았다. 아내 니나가 세상을 떠난 후부터였다. 아벨은 거실로 들어갔다.

"이제 아빠 안아도 된다."

앤젤린은 아빠를 안고 뽀뽀를 했다.

"샤워하기 전의 아빠 냄새가 더 좋아요."

앤젤린은 아빠를 따라 부엌으로 가서 저녁 준비를 하는 아빠를 지켜보았다.

"내일 아빠 따라가서 쓰레기차에 같이 타도 되죠?"

아벨은 한숨을 쉬고는 단호하게 말했다.

"안 돼. 쓰레기차는 너한테 안 어울려. 더구나 내일은 학교에 가야 하잖아."

"난 학교가 싫어요."

아벨은 궁금했다.

'저 아이는 왜 늘 지저분한 쓰레기차를 타고 싶어 할까?'

아벨은 쓰레기차가 싫었다. 냄새 풀풀 나는 이 일을 관두지 못하는 이유는 딱 하나, 앤젤린 때문이었다. 언젠가 딸을 대학에 보낼 돈을 마련하기 위해서였다. 언젠가 피아노를 사 주기 위해서였다. 언젠가 딸이 유명한 과학자나 콘서트를 여는 피아니스트나 미국 대통령이 될 때 멋진 옷을 사 주기 위해서였다.

'언젠가 앤젤린은……'

아빠는 그런 생각에 잠기곤 했다.

앤젤린이 물었다.

"학교 쉬는 날에는 어때요? 그때는 쓰레기차 타도 되죠?"

"언젠가, 앤젤린."

아빠는 그렇게 대답했다.

# 2
# 머리가 둘인 염소

앤젤린은 육 학년으로 배정되었다. 학교에서 앤젤린을 육 학년에 넣은 이유는, 어느 학년에든 넣어야 하는데 몇 학년에 넣어야 할지 몰랐기 때문이다. 앤젤린은 하드리크 선생님의 반으로 들어갔는데, 그 반은 아마 앤젤린에게 최악의 반이었을 것이다. 앤젤린은 교실 뒤쪽에 앉았다.

앤젤린은 엄지손가락을 입에 넣으려다 멈추었다. 앤젤린은 여덟 살이지만 육 학년과 함께 공부할 정도로 똑똑했다. 반에서 가장 똑똑했지만, 아직도 아기처럼 엄지손가락을 빨았다. 앤젤린은 손가락 빠는 행동을 하드리크 선생님이 얼마나 싫어하는지 잘 알고 있었다. 엄지손가락을 빼는 것은 육 학년다운 행동이 아니었다. 또한 앤젤린은 육 학년치고는 너무 자주 울었다.

하드리크 선생님이 반 아이들에게 물었다.

"크리스토퍼 콜럼버스가 누구죠?"

앤젤린만 손을 들었다.

하드리크 선생님은 짜증스러운 표정을 지었다.

"다른 사람."

선생님은 앤젤린을 째려보았다.

"늘 같은 사람만 대답하잖아."

앤젤린은 손을 내렸다. 앤젤린 혼자 손을 드는 것은 앤젤린 탓이 아니었다. 앤젤린은 자기가 손을 들었다고 하드리크 선생님이 화낼 이유는 없다고 생각했다. 손을 들지 않은 나머지 학생들이 잘못이었다. 하지만 머릿속에서 하드리크 선생님의 비아냥대는 목소리가 들렸다.

'항상 남 탓만 하고 절대로 자기 탓은 안 하지.'

앤젤린은 그런 생각을 하다 자기도 모르는 사이에 엄지손가락을 입안으로 넣었다.

하드리크 선생님이 콜럼버스에 대해 설명했다. 콜럼버스가 아메리카 대륙을 발견했다고 했다.

앤젤린은 선생님이 틀렸다는 것을 알고 있었다. 콜럼버스가 왔을 때 이미 많은 사람들이 살고 있었는데 어떻게 콜럼버스가 발견한 것이 되겠는가? 앤젤린은 아메리카를 발견한 것은 맨 처음 물속에서 기어 나와 육지로 올라온 달팽이라는 사실을 알고 있었다. 이것은 앤젤린이 태어나기 전부터 알고 있었던 사실이다.

그렇지만 앤젤린은 하드리크 선생님과 콜럼버스에게 유리한 해석을 해 보려고 애썼다.

'콜럼버스의 관점에서는 자기가 아메리카 대륙을 발견한 것일 수도 있겠지.'

하지만 이것 역시 진실은 아닌 것 같았다. 왜냐하면 콜럼버스는 아메리카에 도착한 후에도 그곳이 아메리카인 줄 몰랐기 때문이다. 콜럼버스는 인도에 왔다고 생각했다. 그래서 북미 원주민들을 '인디언'이라고 불렀던 것이다.

하드리크 선생님은 콜럼버스가 지구가 둥글다는 사실을 증명했다고 말했다.

앤젤린은 그것도 틀린 말이라는 것을 알았다. 콜럼버스가 정말로 인도로 갔다면 지구가 둥글다는 것을 증명했을 것이다. 인도는 동쪽에 있는데 그는 서쪽으로 항해했으니까. 하지만 콜럼버스는 뜻하지 않게 아메리카에 먼저 다다랐으며, 지구가 평평해도 서쪽에 있는 미국까지는 항해할 수 있었을 것이다.

더구나 모든 사람들은 태어나기 전부터 지구가 둥글다는 사실을 알고 있다. 그렇기 때문에 학교에서 그것을 처음 배울 때 놀라는 사람이 아무도 없는 것이다.

머릿속이 이런 생각들로 가득했을 때 하드리크 선생님이 갑자기 앤젤린을 불렀다.

"앤젤린! 당장 입에서 손가락 빼."

앤젤린은 냉큼 손가락을 뺐다.

'어이쿠.'

하드리크 선생님이 우쭐거리는 듯한 말투로 말했다.

"우리 육 학년 학생들은 엄지손가락을 빨지 않아."

몇몇 육 학년 학생들이 낄낄대며 웃는 소리가 앤젤린 귀에 들렸다.

하드리크 선생님은 앤젤린을 못마땅하게 여겼다. 여덟 살짜리가, 더구나 자신보다 똑똑한 여덟 살짜리가 자신의 육 학년 교실에 앉아 있는 것이 싫었다. 그러면서도 앤젤린이 똑똑하다는 것을 절대로 인정하지 않았다. 하드리크 선생님 머릿속에서 앤젤린은 천재였다. 그리고 천재는 똑똑한 것과는 아무 상관이 없었다. 오히려 머리가 둘인 염소처럼 별종에 가까웠다.

"갓난아기들이나 엄지손가락을 빠는 거란다."

앤젤린은 창피했다. 또래인 삼 학년 아이들도 이제 엄지손가락을 빨지 않았다. 앤젤린은 울고 싶었다.

앤젤린은 스스로에게 말했다.

'이러지 마, 앤젤린. 울면 안 돼. 지금은 안 돼!'

앤젤린은 육 학년치고는 너무도 자주 울었다. 사실 일 학년이어도 지나치다고 할 정도로 많이 울었다.

한 아이가 말했다.

"봐. 쟤 운다."

이 말은 사실이 아니었다. 앤젤린은 아직 울지 않았다. 하지만 그 말을 듣자마자, 울음을 터뜨리고 말았다.

다른 아이가 말했다.

"똑똑할지는 몰라도, 아직 애라니까."

"똑똑한 게 아니야. 별종이지."

하드리크 선생님이 앤젤린을 꾸짖었다.

"앤젤린, 울보 아기처럼 굴지 마. 정 울고 싶으면 밖으로 나가. 육 학년처럼 행동할 준비가 되면 다시 들어오도록 해."

앤젤린은 울면서 밖으로 나갔다.

누군가가 말하는 소리가 들렸다.

"뭐 저런 별종이 다 있냐?"

앤젤린은 교실 문 앞에 앉았다.

앤젤린의 생각은 틀렸다. 하드리크 선생님은 앤젤린이 엄지손가락 빠는 것을 싫어하지 않았다. 사실은 정반대였다. 좋아했다. 반 전체가 그것을 좋아했다. 다들 앤젤린을 바보로 만드는 것을 좋아했다. 그리고 그것을 알았든 몰랐든, 앤젤린이 우는 것도 바로 그것 때문이었다. 사람들이 아기나 별종이라고 부르며 놀리기 때문이 아니라, 그들이 그렇게 하면서 너무나도 즐거워하기 때문이었다.

앤젤린은 엄지손가락 끝을 살짝 깨물고는 훌쩍거렸다. 영락없이 머리가 둘인 염소 신세가 된 기분이었다.

# 3
## 머리가 하나인 염소

점심시간에 앤젤린은 혼자 잔디밭에 앉아 나무에 기댄 채로 땅콩버터 젤로 샌드위치를 먹었다. 앤젤린은 젤리보다 부드러운 젤로를 땅콩버터와 함께 먹는 것을 좋아했다.

그리 멀지 않은 곳에 한 남자아이가 혼자 앉아 있었다. 앤젤린은 남자아이가 감자 칩 봉지를 뜯으려고 애쓰는 모습을 지켜보았다. 남자아이는 이쪽저쪽으로 잡아당기며 봉지와 씨름을 하고 있었다. 속에 든 감자 칩이 모두 산산조각 났을 것 같았다. 하지만 봉지는 끝내 열리지 않았다.

앤젤린은 샌드위치를 한 입 더 베어 물고는 웃지 않으려고 애썼다. 앤젤린은 자신이 울기도 많이 울지만 웃기도 너무 많이 웃는다고 생각했다. 자주 웃는 것은 아니었다. 늘 웃지 말아야 할 때 웃는 것이 문제였다. 앤젤린은 남자아이가 감자 칩 봉지를 열려고 기를 쓰는 모습이 평생 본 장면 중 최고로 웃기다고 생각했지만, 혹시 비웃는다고 생각할까 봐 웃음을 참으려고 애썼다.

남자아이는 이제 봉지를 입에 물고는 두 손으로 힘껏 잡아당기고 있었다. 여전히 봉지는 열리지 않았다. 남자아이는 계속 봉지를 이로 물고 두 손으로 붙잡은 채 고개를 세차게 흔들었다.

앤젤린은 남자아이에게 눈길을 고정한 채 우유를 벌컥벌컥 마셨다.

느닷없이 봉지가 뻥 터졌다. 곧바로 앤젤린은 웃음이 빵 터졌다. 그 바람에 앤젤린은 우유를 내뿜었다. 감자 칩이 봉지에서 폭발하듯이 튀어나와 바닥으로 떨어졌다. 앤젤린은 휴지로 얼굴에 묻은 우유를 닦는 와중에도 웃음을 멈출 수가 없었다.

남자아이가 앤젤린을 빤히 바라보았다. 여전히 한 손에 찢어진 봉지의 일부분을, 또 다른 손에 찢어진 봉지의 다른 일부분을, 그리고 입에 봉지의 나머지 부분을 문 상태였다. 감자 칩은 부스러기가 되어 사방팔방에 흩어져 있었다.

앤젤린은 웃음을 멈추려고 애썼다. 하지만 겨우 웃음 사이사이에 잠시 멈출 수 있을 뿐이었다. 이러다 남자아이한테 맞겠다는 생각이 들었다. 앤젤린은 또 울고 싶지는 않았다.

그런데 놀랍게도 남자아이도 함께 웃었다. 멍청해 보이고 어색한 웃음이었다. 웃음소리가 마치 당황한 하이에나 소리 같았다. 남자아이는 앤젤린이 계속 자기를 보고 있는 것을 알고는 빈 감자 칩 봉지를 들고 먹는 시늉을 했다. 감자 칩이 아니라 봉지를 말이다. 마치 원래 그럴 생각이었던 것처럼.

앤젤린은 이렇게 웃긴 장면은 난생처음 본다고 생각했다.

남자아이는 비닐봉지에서 샌드위치를 꺼내 바닥에 던지고는 비닐봉지를 먹는 시늉을 했다. 앤젤린은 웃음을 멈출 수가 없었다. 남자아이는 이제 우유를 땅에 부어 버리고 빈 우유 팩을 먹는 척했다. 앤젤린은 미친 듯이 깔깔 웃었다.

그때, 야구장에서 날아온 공이 앤젤린 앞을 지나서 데굴데굴 굴러갔다. 공은 너무너무 웃긴 그 남자아이 앞에 멈춰 섰다.

누군가가 소리쳤다.

"야, 군(Goon, 멍청이), 공 좀 던져 줘!"

남자아이는 공을 던지지 않았다.

앤젤린과 같은 반인 필립 코빈이 남자아이 쪽으로 걸어갔다. 필립 코빈은 신나게 야구를 해야 할 점심시간에 이렇게까지 멀리 걸어와 시간을 허비해야 한다는 것에 무척 화가 난 듯했다.

필립이 말했다.

"'군', 공 좀 던져 달라고."

"지금 점심 먹고 있잖아."

남자아이는 다시 우유 팩을 먹는 척했다.

앤젤린이 하하 웃었다.

필립이 지나가면서 앤젤린을 째려보고는 공을 주웠다.

"정말 멍청이라니까."

필립은 그렇게 중얼거리고는 다시 야구장 쪽으로 걸어갔다.

앤젤린이 말했다.

"'군'이라고 부르지 않았으면, 공을 주워 줬을 수도 있을 텐데."

필립이 말했다.

"닥쳐, 별종아."

필립은 공을 야구장 쪽으로 던지고는 뛰어갔다.

앤젤린은 말이 들리지 않을 정도로 필립이 멀찌감치 간 뒤에 이렇게 말했다.

"스트라이크 아웃이나 당해라."

앤젤린은 야구에 대해 아는 것이 별로 없었지만, 예전에 한 번 해 봤고, 그때 스트라이크 아웃을 당했다.

앤젤린은 샌드위치를 다 먹고는 우유로 입가심을 했다. 아직 과자가 몇 개 남아 있었다. 남자아이는 장난을 친답시고 점심

거리 전체를 버린 셈이었다. 그 아이는 무척 배가 고파 보였다.

앤젤린은 남자아이에게 다가가 과자를 내밀었다.

"좀 먹을래?"

앤젤린은 남자아이에게 그렇게 말하고는 우유를 한 모금 마셨다.

남자아이가 말했다.

"뭐? 내가 헌책이나 옷도 아니고 좀먹을 일이 있나?"

"프하하하."

앤젤린은 웃음을 터뜨렸다. 이번에는 우유를 입으로뿐 아니라 코로도 뿜었다. 앤젤린은 이렇게 웃긴 농담은 난생처음 듣는 것 같았다.

남자아이는 화들짝 놀랐다. 이제까지 하루에 백 번은 될 정도로 틈만 나면 농담을 했지만, 웃은 사람은 없었기 때문이다.

앤젤린은 웃음을 멈출 수가 없었다.

그래서 점심시간이 아직 많이 남아 있기를 바라면서 이렇게 물었다.

"지금 몇 분이야?"

남자아이는 이렇게 대꾸했다.

"두 분. 너하고 나."

또다시 앤젤린은 웃음을 터뜨렸다. 이렇게 웃긴 농담은 난생

처음 듣는 것 같았다.

또다시 남자아이는 깜짝 놀랐다. 어떻게 받아들여야 할지 몰랐다. 지금까지 아무도 자신의 농담에 웃지 않았다. 남들을 웃기려고 농담을 하는 것은 아니었다. 왜 농담을 하는지는 잘 모르겠지만, 지금까지 아무도 웃지 않았기 때문에 남들을 웃기는 것이 농담을 하는 이유가 될 수는 없었다. 가끔 "하, 진짜 웃기다, '군.'"이라고 말하는 경우도 있기는 했지만, 그것이 웃는 것에 가장 가까운 반응의 최대치였다. 대개는 자신의 말을 들은 척도 하지 않았다.

앤젤린이 웃음을 겨우 멈추고는 말했다.

"오빠는 진짜 재미있는 것 같아!"

남자아이는 어깨를 으쓱하고는(우리나라에서는 어깨를 으쓱하는 동작이 흔히 우쭐해한다는 의미로 쓰이지만 미국을 비롯한 여러 서양 나라에서는 흔히 무엇을 잘 모르거나 구체적으로 뭐라고 말하기 어려운 상황에서 쓰인다.) 말했다.

"그런 말 하는 사람은 네가 처음이야."

남자아이는 앤젤린이 자기 농담을 좋아해서 무척 기뻤다. 하지만 점심을 몽땅 땅에 버리고 받은 과자마저 먹지 못한 것이 못내 아쉬웠다. 배가 고파 죽을 것 같았다.

앤젤린이 물었다.

"이름이 뭐야?"

"군."

남자아이는 이름을 말하고는 바보스럽게 웃었다.

"있잖아, 진짜 이름은 개리 분(Gary Boon)이야. 그래서 재미 삼아 성과 이름을 합쳐서 군(Goon)으로 만들었어."

남자아이는 다시 웃었다.

앤젤린은 웃지 않았다. 사람들이 자기를 '별종'이라고 부르는 것이 너무너무 싫은 앤젤린은 개리가 자기 이름으로 '군'을 지어냈다는 것이 놀랍기만 했다.

"사람들이 '군'이라고 부르는 게 좋아?"

개리는 어깨를 으쓱하고는 말했다.

"몰라."

"나는 그냥 개리라고 부를게. 난 앤젤린이야."

"아, 엄청 똑똑하다는 애? 네가 걔 맞지?"

앤젤린은 아무 대답도 하지 않았다.

개리가 말했다.

"앤젤린 퍼소폴리스. 음, 성과 이름을 어떻게 합쳐야 할지 모르겠네."

개리는 잠시 생각하더니 말했다.

"앤젤로폴리스."

앤젤린은 하하 웃었다. 그러고는 자신도 농담을 하나 생각해 내려고 애썼다. 이윽고 이렇게 말했다.

"이름이 멜빈(Melvin)이 아니라 개리인 게 아쉽네. 멜빈이었으면 문(Moon)이라는 이름을 만들 수 있었을 텐데."

개리는 하하 웃었다. 앤젤린이 자기 농담에 웃었을 뿐만 아니라 비슷한 농담까지 지어낸 것에 기분이 좋았다.

앤젤린이 물었다.

"또 재미있는 농담 아는 것 있어?"

지금까지 개리에게 이런 질문을 한 사람은 없었다. 개리는 알고 있는 농담 중 가장 웃긴 것을 생각해 내려고 했지만, 난생처음으로 농담이 떠오르지 않았다. 머릿속이 텅 빈 것 같았다.

종이 울렸다. 개리는 재빨리 신발을 벗었다가 다시 신었다.

"왜 그렇게 하는 거야?"

"뭘?"

"신발 벗었다가 다시 신은 거."

개리는 무척 당황한 듯 주위를 둘러보며 말했다.

"모르겠는데."

# 4
## 토마토는 싫어

앤젤린은 소파에 두 발을 올린 채로 바닥에 누워, 사랑 때문에 괴로워하는 뱃사람에 대한 책을 읽었다. 뱃사람은 모르고 있었지만, 그가 항해를 시작하자마자 아름다운 여인은 갑자기 이 세상 무엇보다도 그를 사랑하고 있다는 사실을 깨달았다. 그래서 배를 마련해 그 남자를 찾아 나서 바다를 헤매고 있었다. 그러다 하마터면 상어에게 잡아먹힐 뻔하기도 했다.

아벨이 퇴근해서 집으로 왔다.

"샤워하기 전에는 아빠 안으면 안 된다."

하지만 앤젤린은 아빠를 안았다.

"선물이야. 비닐로 포장되어 있어서 냄새가 하나도 안 나."

아빠는 소파 옆 작은 탁자에 선물을 올려놓았다.

앤젤린은 소파 위로 기어 올라가서 부지런히 비닐을 찢었다. 《심리적 하위문화의 철학적 하부 구조》라는 책이었다. 그런 제목의 책이라면, 아무리 겹겹이 비닐로 포장해도 고리타분한 냄새가 풀풀 나기 마련이다.

"고마워요."

앤젤린은 공손하게 말했다. 그러고는 책에서 나는 끔찍한 냄새를 애써 무시하며 최선을 다해 기뻐하는 표정을 지었다.

"너한테 어울리는 똑똑한 책이면 좋겠다."

"아, 정말로 똑똑한 책 같아 보여요."

앤젤린은 전에 아빠가 사 준 고리타분한 냄새가 나는 다른 책들이 있는 책꽂이에 책을 꽂았다. 그러면서 아빠가 그냥 재미있는 이야기와 웃긴 농담이 잔뜩 실린 책을 주면 좋겠다는 생각을 했다.

아벨이 샤워를 마치고 나서 말했다.

"거스 아저씨가 저녁 먹으러 올 거야."

앤젤린의 얼굴이 환해졌다.

"아, 좋아라!"

거스는 아벨의 직장 동료였다. 둘이 함께 쓰레기차를 몰았다. 아벨은 딸이 새로 사 온 책을 좋아하지 않는다는 것을 알았

30

다. 앤젤린이 그 책을 좋아하지 않을 것이라고 거스가 말했지만, 아벨은 거스 말을 무시하고 그 책을 샀다. 거스는 아벨에게 재미있는 이야기와 웃긴 농담이 잔뜩 실린 책을 사 주라고 권했다.

그러면서 이렇게 덧붙였다.

"꼭 엄청 웃긴 농담이 아니어도 돼. 어차피 앤젤리니(앤젤린의 애칭)는 웃을 테니까."


거스가 왔다. 앤젤린이 문을 열어 주었다.

"안녕하세요, 거스 아저씨."

"안녕, 앤젤리니."

"칠리(고기, 콩, 칠리 고추로 만든 매운 멕시코 요리)를 먹을 거예요."

"맛있겠다."

"매운 거 좋아하세요?"

"매울수록 좋지."

"저도요. 너무 맵지만 않으면요."

아벨은 부엌에 있었다. 그런데 실수로 뜨거운 냄비에 엄지손가락을 데었다.

"앗, 뜨거!"

아벨은 엄지손가락을 입에 문 채 거실로 나왔다.

거스가 말했다.

"귀엽네."

아벨이 말했다.

"아, 왔어, 거스? 온 줄도 몰랐네."

"앤젤리니가 문 열어 줬어. 우리 둘이 칠리는 매우면 매울수록 좋다는 결론을 내렸어. 너무 맵지만 않으면."

"맥주 한잔 할까?"

"좋지."

앤젤린이 말했다.

"저도 맥주 한잔 마실래요."

아벨이 앤젤린에게 말했다.

"거스 아저씨 왔다고 귀여운 척하지 마라."

앤젤린은 얼굴이 빨개졌다. 귀여운 척하는 것도 맞았고, 거스 아저씨가 왔기 때문에 그런 것도 맞았다.

"귀여운 척하는 것 아니거든요."

앤젤린은 거스 아저씨 때문에 귀여운 척하고 있다는 사실을 들키고 싶지 않았다.

아벨은 맥주를 가지러 다시 부엌으로 갔다.

거스가 앤젤린의 옆구리를 쿡 찌르며 속삭였다.

"내 맥주 한 모금 마셔도 된다, 귀염둥이야."

앤젤린은 킥킥 웃었다.

거스는 부엌에서 아벨을 도왔고, 그동안 앤젤린은 상을 차렸다. 그런데 어느 쪽에 포크를 놓고 어느 쪽에 숟가락을 놓아야 하는지 기억이 가물가물했다. 이것은 태어나기 전부터 알고 있던 것이 아니었다.

거스가 부엌에서 말했다.

"앤젤리니, 샐러드 먹을래?"

"프렌치드레싱(올리브기름, 식초, 후추, 향료, 소금 따위로 만든 샐러드용 소스) 있어요?"

"아니, 없어. 올리브기름이 떨어져서 만들 수 없거든. 하지만 올리브 석유는 있어."

앤젤린은 숨이 넘어갈 듯이 웃었다.

거스가 아벨에게 말했다.

"봤지? 엄청 웃긴 농담이 아니어도 된다니까."

아벨은 빙긋이 웃었다. 자기도 거스처럼 앤젤린을 웃길 수 있으면 좋겠다고 생각했다. 하지만 앤젤린에게 농담을 할 수 없게 된 지는 꽤 오래되었다. '앤젤리니'라는 애칭으로 부르려고만 해도 목이 메었다.

앤젤린은 왼쪽과 오른쪽을 번갈아 가면서 나이프, 포크, 숟가락들을 올려놓았다. 그렇게 하면 최소한 하나는 제대로 놓이게 될 것이기 때문이었다.

앤젤린이 큰 소리로 말했다.

"좋아요. 올리브 석유로 만든 프렌치드레싱을 뿌린 샐러드 먹을게요. 하지만 제 샐러드에는 토마토 넣지 마세요."

거스가 큰 소리로 답했다.

"미안! 토마토가 하나도 없네!"

앤젤린이 소리쳤다.

"잘됐네요! 토마토 먹기 싫다니까요."

"흠, 안타깝네. 토마토가 없거든. 그리고 만약 내가 토마토 하나를 사려고 가게까지 갈 거라고 생각한다면……."

앤젤린이 소리를 빽 질렀다.

"토마토 먹기 싫다고요!"

"마음껏 소리 지르렴. 그런다고 없는 토마토가 생길 리는 없겠지만서도."

앤젤린이 소리를 막 내질렀다.

"좋아요! 정말 잘됐어요! 토마토가 없어서 기뻐요. 토마토 먹기 싫다고요. 토마토가 정말 싫어요!"

거스는 부엌 문간에 서서 슬픈 표정을 지으며 고개를 저었다.

"정말 안타깝구나, 앤젤리니. 정말로 안타까워. 하지만 정말로 토마토가 하나도 없어."

앤젤린은 손사래를 치며 깔깔 웃었다. 거스도 웃었다.

세 사람은 샐러드와 칠리와 살짝 구운 비스킷을 먹었다. 아무도 포크와 나이프와 숟가락이 왼쪽에 있는지 오른쪽에 있는지 신경 쓰지 않았다.

거스가 앤젤린에게 물었다.

"내일 일기 예보는 어떻게 되니?"

"잠깐만요, 확인해 볼게요."

앤젤린은 부엌 창문으로 가서 가만히 귀를 기울였다.

아벨은 거스에게만 들리도록 속삭였다.

"그것 좀 하지 말아 줬으면 좋겠네."

"왜? 항상 맞잖아. 정말 대단하다니까."

"난 그렇게 생각하지 않아. 알겠어?"

거스가 어깨를 으쓱하고는 말했다.

"알았네."

앤젤린이 다시 식탁으로 와서 무척 더울 거라고, 특히 시월치고는 아주 더울 거라고 했다. 아벨은 점잖게 고맙다고 말했다.

"거스 아저씨, 언젠가 아빠랑 아저씨랑 함께 쓰레기차를 타고 돌아다녀도 되죠?"

"그런데 왜 그렇게 하고 싶은 거니? 거기에 타면 냄새나."

"타고 싶어요. 더구나 저는 그 냄새가 좋아요."

"넌 학교에 가야지."

"학교는 냄새나요."

거스가 하하 웃고는 말했다.

"나도 학교를 안 좋아했어. 하지만 그건 내가 그다지 똑똑하지 못했기 때문이야. 내가 너만큼 똑똑했으면, 학교를 엄청 좋아했을 거야. 언젠가 너도 알게 될 거다."

"그건 모르는 일이죠."

아벨이 말했다.

"지금이 얘한테는 좀 힘든 시기야. 같은 반 아이들이 모두 나이가 훨씬 많거든. 친구가 한 명도 없어."

앤젤린이 따지는 투로 말했다.

"친구 있거든요. 친구 한 명 있어요. 개리 분이라고, 제 단짝 친구예요. 정말 웃겨요. 웃긴 이야기를 정말 많이 알고 있어요."

아벨이 말했다.

"잘됐네. 드디어 네가 친구들을 사귀기 시작했다니, 아빠가 기분이 좋구나."

앤젤린은 아빠의 말을 바로잡았다.

"친구들이 아니고 친구 한 명이에요. 개리, 딱 한 명. 다른 애들은 전부 멍청이들이에요."

# 5
## 소금물이면 좋겠다

아까 개리가 신발을 벗었다가 다시 신자 앤젤린이 왜 그렇게 하느냐고 물었을 때, 개리는 자기도 모르겠다고 대답했지만 사실은 그럴 만한 이유가 있었다. 신발 속에 작은 돌이 하나 들어갔기 때문이었다. 돌은 점심시간 내내 신발 속에 있었지만, 개리는 앤젤린이 자기 농담을 좋아하고 깔깔 웃기까지 하는 바람에 돌에 신경 쓸 겨를이 없었다. 하지만 종이 울리고 교실로 가야 할 때가 되자, 별생각 없이 신발을 벗어 돌을 털어 버리고 다시 신발을 신었던 것이다. 이게 다였다. 그런데 앤젤린이 왜 그랬느냐고 물었을 때, 왜 자신이 그런 행동을 했는지 까먹었던 것이다.

개리는 오 학년이고, 담임선생님은 미스 터본(Miss Turbone: 미국 학교에서는 격식을 차려 선생님을 부를 때에 남선생의 경우 성 앞에 미스터(Mr.)를, 결혼하지 않은 여선생의 경우 미스(Miss)를, 결혼한 여선생의 경우 미시즈(Mrs.)를 붙여 부른다.)이었다. 그런데 개리는 자신의 담임선생님을 '미스터 본(Mr. Bone)'이라고 불렀다.

새 학년 첫날에 개리는 '군'이나 '앤젤로폴리스'처럼 그냥 농담 삼아 선생님을 그렇게 불렀다. 하지만 개리의 다른 농담들과 마찬가지로 아무도 그 농담을 알아차리지 못했다. 심지어 선생님 자신도 알아차리지 못했다. 그 후 개리는 '미스 터본'이라고 부르려고 아무리 애를 써도 늘 '미스터 본'이라는 말이 튀어나왔다.

개리는 담임선생님을 무척 좋아했다. 사실, 앤젤린을 만나기 전까지는 전교에서 가장 좋아하는 사람이 바로 그 선생님이었다. 이제는 두 번째로 좋아하는 사람이 되었다.

미스 터본은 머리는 예쁜 갈색이고, 순한 얼굴에 크고 둥근 안경을 썼다. 개리는 선생님의 안경을 무척 좋아했다. 안경을 벗을 때보다 쓸 때가 더 예쁘다고 생각했다.

미스 터본이 물었다.

"좋아요. 이 질문의 답을 알고 있는 사람?"

'이런.'

개리는 질문이 무엇인지조차 알지 못했다. 모래 속에 머리를 숨기는 타조처럼 개리는 머리를 푹 숙인 채로 책상만 바라보았다. 그리고 터본 선생님이 자기를 부르지 않기만 바랐다.

미스 터본이 개리를 바라보았다. 고개를 푹 숙이고 책상만 바라보는 모습을 보고서 선생님은 개리가 답을 모른다는 사실을 알 수 있었다. 어떤 선생님들은, 예를 들면 하드리크 선생님은 바로 그 이유 때문에 개리를 지목했을 것이다. 모래 속에 머리를 파묻고 있는 타조를 사냥하기 좋아하는 사냥꾼들도 있는 법이다. 미스 터본은 다른 학생을 지목했다.

미스 터본은 개리를 좋아했다. 다른 아이들이 '군'이라고 부르고 친구가 없기 때문에 가엾게 여긴 점도 있었지만, 그것이 아니더라도 개리를 좋아했을 것이다. 하지만 개리의 농담이 썩 재미있다고 생각하지는 않았다. 개리가 자기를 '미스터 본'이라고 부른다는 사실도 몰랐다. 만약 알았다면, 혹시 이 농담은 재미있다고 생각했을지도 모르겠다.

종이 울리고 다른 아이들이 점심을 먹으러 나가자, 선생님은 개리를 불러 이야기 좀 하자고 했다.

개리가 선생님 책상으로 다가가며 말했다.

"네, 미스터 본."

선생님은 '미스 터본'이라고 들었는데, 아마 당연히 그 호칭을 기대했기 때문이었을 것이다.

"혹시 수업 끝나고 잠깐 남을 수 있니?"

"제가 혼날 일을 한 건 아니죠?"

선생님은 빙그레 웃었다.

"아니야. 교실 뒤쪽 선반에 어항을 두 개 놓으려고 하는데, 네가 도와주면 좋을 것 같아서."

"좋아요. 그런데 제 친구한테 좀 도와 달라고 해도 될까요?"

"친구?"

선생님은 의외라는 듯이 물었다.

"아, 당연하죠, 미스터 본. 저는 친구가 아주 많거든요."

선생님은 빙긋이 웃었다.

"부르고 싶은 사람은 누구나 불러도 된다, 개리."

선생님은 개리가 친구를 사귀었다는 사실이 기뻤다.

"이름은 앤젤린이에요. 선생님도 좋아하실 거예요. 진짜 똑똑하고 유머 감각도 좋아요."

개리는 점심을 먹기 위해 교실 밖으로 발걸음을 옮겼다. 미스터 본과 함께 어항을 설치하는 일에 대해 앤젤린에게 어서 빨리 말하고 싶었다.

"개리."

개리가 발걸음을 멈추고는 고개를 선생님 쪽으로 돌렸다.

"네, 미스터 본?"

"나도 네 친구란다."

앤젤린의 예상대로 날씨가 무척 더웠다. 날씨를 기록한 이래 가장 더운 시월 오 일이었다.

아벨과 거스는 도시의 거리를 이리저리 누비며 집집마다 들러 쓰레기를 수거했다. 어떤 때는 아벨이 운전하고 거스가 쓰레기통을 들어 올려 트럭 뒤에 쏟았고, 어떤 때는 거스가 운전하고 아벨이 지저분한 일을 맡았다. 둘은 그렇게 공평하게 일했다. 오늘은 평소의 어려움에 더해 더운 날씨 때문에 여느 때보다 쓰레기 냄새가 더 심했다. 특히 한낮으로 갈수록 무거운 철제 통 속에서 햇볕을 받은 시간이 길어져 쓰레기들의 악취가 더욱더 고약해졌다.

아벨과 거스는 작은 공원에 들러 점심 식사를 했다. 화장실이 잠겨 있는 바람에 잔디밭 스프링클러에 손을 대고 씻어야 했다. 그 느낌이 너무나 좋아 스프링클러 앞을 뛰어다니며 온몸에 물을 맞았다. 날씨가 너무 더웠기 때문에 점심 식사를 마칠 때쯤이면 옷이 다 마르리라는 것을 알고 있었다.

아벨이 샌드위치를 한 입 베어 물었다.

"웩!"

아벨은 샌드위치 빵을 벌려 안을 들여다보고는 중얼거렸다.

"땅콩버터 젤로 샌드위치야."

실수로 앤젤린의 점심 도시락과 뒤바뀐 것이었다.


"이게 뭐야!"

앤젤린이 샌드위치를 든 손을 몸에서 멀찌감치 떨어지도록 쭉 뻗은 채로 소리쳤다. 이미 샌드위치를 한 입 먹은 상태였다.

"살라미(이탈리아식 소시지)야! 난 살라미가 정말 싫어!"

개리가 말했다.

"내 거랑 바꾸자. 난 살라미 엄청 좋아해."

"좋아. 오빠 건 뭔데?"

"살라미. 난 살라미를 정말 좋아하거든."

둘은 살라미 샌드위치를 맞바꾸었다.

개리가 물었다.

"오늘 수업 끝나고 나하고 미스터 본이 어항 설치하는 것 좀 도와줄 수 있니?"

"미스터 본이 누구야?"

"우리 담임선생님. 수업 끝나고 어항을 설치할 건데, 미스터 본이 네가 도와주는 것도 괜찮다고 하셨어."

"좋아."

어항 설치를 도우면 스쿨버스 대신 시내버스를 타고 집에 가야 했지만, 앤젤린은 개의치 않았다. 앤젤린은 시내버스 타는 것을 좋아했다. 특히 내릴 때 하차를 알리는 줄 당기는 것을 좋아했다.

앤젤린이 물었다.

"물고기가 좋아하는 건 민물일까, 소금물일까?"

"글쎄. 그런데 내가 어항 이름을 생각해 봤어. 민물 어항이면 '미워해'라고 하고, 소금물 어항이면 '사랑해'라고 부르려고."

"무슨 이름들이 그래?"

"내가 이야기 하나 해 줄게. 옛날에 '미워해' 하고 '사랑해' 가 살았대. 그런데 미워해가 병으로 죽고 말았어. 그럼 누가 남았지?"

"사랑해."

개리가 능글맞게 히죽 웃으며 말했다.

"나도."

앤젤린은 까르르 웃었다. 평생 들은 농담 중 최고로 웃긴 것 같았다. 앤젤린이 웃음을 멈추고 말했다.

"소금물이면 좋겠다, 바다처럼."

"나도 모르겠어. 십이 반 교실로 와. 너도 미스터 본을 좋아할 거야."

아벨과 거스는 점심 식사를 마치고 나서 음식 쓰레기를 트럭 뒤쪽에 던져 넣었다. 굳이 쓰레기통을 찾아다닐 필요가 없었다. 쓰레기통을 운전하고 다니는 셈이었으니.

방과 후, 미스 터본은 자기 자동차 열쇠를 개리에게 주면서 앞좌석 바닥에 있는 상자를 가져오라고 했다.

"노란색 차야. 뒤쪽 범퍼에 '고래를 보호하자'라는 스티커가 붙어 있어."

개리는 주차장으로 걸어가면서 특별한 사람이 된 듯한 기분이었다. 미스터 본의 열쇠를 손에 쥐고 있었고, 미스터 본의 차를 향해 걸어가고 있었으며, 미스터 본의 자동차 열쇠로 미스터 본의 차 문을 열 참이었다. 정말이지 무척 특별한 사람이 된 기분이었다. 개리는 자동차 열쇠를 딸랑거리면서 걸어갔다.

앤젤린은 개리가 십이 반이라고 했는지, 이십 반이라고 했는지 확실히 기억이 나지 않았다. 앤젤린은 조심조심 십이 반 교실 문을 열었다. 개리가 십이 반이라고 한 것 같았지만, 막상 교실 문을 열어 보니, 여자 선생님이 있는 데다 개리도 보이지 않았기 때문에 반을 잘못 찾아왔다고 생각했다.

미스 터본이 말했다.

"무슨 일이니?"

"아, 저는 미스터 본을 찾고 있습니다."

미스 터본이 말했다.

"내가 미스 터본인데."

앤젤린의 눈이 휘둥그레졌다.

"선생님이 미스터 본이시라고요?"

"응. 넌 앤젤린이지? 개리는 금방 돌아올 거야."

앤젤린은 너무 놀라 선생님을 물끄러미 쳐다보며 같은 질문을 되풀이했다.

"선생님이 미스터 본이시라고요?"

"그래."

앤젤린은 여전히 이해가 되지 않았다. 그래서 다시 한번 물었다.

"선생님이 미스터 본이시라고요?"

"응."

미스 터본은 앤젤린이 왜 혼란스러워하는지 이해할 수 없었다.

"들어오렴. 개리는 필요한 물건을 가지러 내 차에 갔어."

당황한 앤젤린이 어깨를 으쓱하고 말했다.

"네…… 미스터 본."

개리가 상자 하나를 들고 교실로 돌아왔다.

"이게 맞나요, 미스터 본?"

"그래, 고맙다, 개리."

앤젤린이 속으로 생각했다.

'이런, 도대체 어떻게 된 거지? 정말로 미스터 본이 맞잖아.'

개리가 상자를 가리키며 말했다.

"안에 뭐가 들어 있어요? 어항에 필요한 건가요?"

미스 터본은 빙그레 웃으며 대답했다.

"아, 그렇지. 바로 이것 때문에 어항이 필요한 거란다."

선생님은 상자를 책상 위에 올려놓았다. 곧 어항을 설치하기 시작했다. 어항 두 개를 다 설치하는 데 한 시간 넘게 걸렸다. 하지만 개리가 미스 터본의 차에서 가져온 상자는 여전히 열지 않은 상태였다.

앤젤린이 물었다.

"미스터 본, 혹시 어항들에 이름을 붙일 거예요?"

"글쎄."

"제가 재미있는 이야기 하나 해 드릴까요? 옛날에 '미안해' 하고 '사랑해'가 살았대요. 그런데 미안해가 병으로 죽고 말았어요. 그럼 누가 남았지요?"

"사랑해."

"저도요."

앤젤린이 개리와 함께 큰 소리로 말했다. 그러고는 숨이 넘어갈 듯이 웃었다.

세 사람은 어항 한 개는 민물로, 다른 한 개는 소금물로 가득 채웠다. 앤젤린은 소금물이 가장 좋다고 했고, 개리는 민물이 가장 좋다고 했다. 그러자 미스 터본이 말을 고쳐 주었다.

"가장이 아니고, 더. 두 가지를 비교할 때는 한 가지가 '가장' 좋은 게 아니고 '더' 좋은 거지."

개리가 물었다.

"어항에 넣을 물고기는 있나요?"

미스 터본이 미소를 지으며 대답했다.

"네가 차에서 가져온 상자에."

앤젤린과 개리가 동시에 말했다.

"안 돼요, 미스터 본!"

앤젤린이 말했다.

"내내 물 밖에 나와 있었잖아요."

개리가 말했다.

"다 죽었을 거예요."

미스 터본은 개리에게 상자를 열라고 했다.

앤젤린이 개리의 어깨 너머로 힐끔 보면서 말했다.

"보고 싶지 않아요."

상자에는 물고기 모양의 큼지막한 과자 세 개가 들어 있었다. 예쁘게 꾸민, 장식이 있는 과자였다.

미스 터본이 말했다.

"어항을 설치했으니, 우리 셋이 하나씩 먹자꾸나."

앤젤린과 개리가 차례로 말했다.

"감사합니다, 미스터 본."

"아, 네. 고맙습니다, 미스터 본"

미스 터본이 말했다.

"어항에 넣을 진짜 물고기는 내일 가져올 거야. 우선은 식당에 가서 과자하고 같이 먹을 우유를 가져와야겠다."

앤젤린은 미스터 본이 정말 멋진 선생님이라고 생각했다. 하드리크 선생님은 절대로 물고기 모양의 과자를 먹을 사람이 아니라는 것을 앤젤린은 잘 알고 있었다.

앤젤린이 말했다.

"미스터 본, 저는 우유랑 먹지 않을 거예요. 그 대신에 소금물 한 잔 마실게요."

# 6
## 아빠가 나를 자랑스러워하실 텐데

다음 날 아침, 앤젤린은 교실로 가는 길에 개리를 보고는 반갑게 인사했다.

"잘 있지?"

개리가 대꾸했다.

"그런 동물은 안 키워."

"응?"

그것은 농담이었다. 검은담비라는 동물을 '잘'이라고 부르기도 한다. 그래서 "잘 있지?"라는 말에 "그런 동물은 안 키워."라고 대꾸했던 것이다. 개리가 농담을 설명해 주자, 앤젤린은 평생 들은 농담 중 최고로 웃기다고 생각했다. 아니, 최고로 웃긴 것까지는 아니어도 무척 재미있었다.

앤젤린은 서둘러 자기 교실로 향했다. 앤젤린은 미스터 본을 어서 다시 보고 싶었고, 미스터 본이 가져오기로 한 물고기도 보고 싶었다. 특히 소금물에 사는 바닷고기가 보고 싶었다. 하지만 먼저 할 일이 있었다. 이날은 하드리크 선생님 반에서 학생 임원들을 뽑는 선거가 있는 날이었다. 앤젤린은 그 선거를 기대하고 있었다. 하지만 자기가 임원으로 뽑힐 가능성이 있어서 기대한 것은 아니었다.

모두들 필립 코빈 아니면 크리스티 매튜슨이 회장이 되고, 회장이 안 된 사람이 부회장이 되리라는 것을 알고 있었다. 앤젤린은 누구에게 투표할지 마음을 정하지 못했지만 아마도 크리스티에게 표를 줄 것 같았다. 최소한 앤젤린도 다른 육 학년 아이들처럼 투표권을 가지고 있었다.

앤젤린은 어차피 회장은 되고 싶지 않았다. 앤젤린이 정말로 맡고 싶은 자리는 딱 하나, 바로 쓰레기부장이었다. 하지만 교실을 둘러보니, 자기한테 표를 줄 사람은커녕 추천해 줄 사람도 없을 것 같다는 생각이 들었다.

필립 코빈이 초조한 기색을 보이며 앤젤린의 책상으로 다가왔다.

"안녕."

앤젤린은 필립을 물끄러미 쳐다보았다. 자기에게 표를 달라고 부탁하러 온 것 같았다. 며칠 전에 별종이라고 놀려 댔으면서 말이다.

"그런데 어, 넌 누구한테 표를 줄 거야?"

"모르겠는데."

"혹시 나한테 투표하지 않을래?"

필립은 그렇게 말하고는 수줍게 미소를 지었다.

"아니."

"며칠 전에 너한테 별종라고 한 건 진심이 아니었어. 나는 그냥 야구를 하고 싶었는데, '군'이 공을 안 주워 줘서 그런 거야."

앤젤린은 잠시 생각해 보고는 말했다.

"내가 제안 하나 할게. 나를 쓰레기부장 자리에 추천해 주면 회장 선거에서 너한테 표를 줄게."

필립은 앤젤린의 제안을 곰곰이 생각해 보았다.

앤젤린이 말했다.

"나한테 표를 주지 않아도 좋아. 그냥 추천만 해 줘."

"그래, 그러지, 뭐. 그 제안 받아들일게."

"좋아."

하드리크 선생님이 말했다.

"앤젤린! 종이 울린 다음에 말하면 안 돼!"

그때 종이 울렸다.

앤젤린이 말했다.

"종 아직 안 울렸었는데요."

"내가 방금 뭐라고 했니?"

하드리크 선생님은 자신의 실수를 인정할 사람이 아니었다.

앤젤린은 똑바로 앉아 책상 위에 두 손을 올린 다음 깍지를 꼈다. 깍지를 끼면 엄지손가락을 빨지 않으리라는 것을 알았기 때문이다. 또한 엄지손가락을 빨다가 걸리면 쓰레기부장이 절대로 될 수 없으리라는 것을 알았기 때문이다. 하지만 그게 다 무슨 소용인가? 어차피 당선될 일은 없을 텐데.

예상대로 크리스티와 필립이 회장 후보로 뽑혔고, 한 사람씩 연설을 했다. 크리스티가 먼저였다.

"저는 여러분이 반 회장으로 저를 뽑아 주어야 한다고 생각하는데, 그 이유는 책임감이 매우 강한 사람이기 때문인데, 예를 들어, 저는 늘 저의 개 토비에게 먹이를 주고 산책을 시키는데, 아, 토비는 정말 귀여워요. 하지만 우리 집에는 오랫동안 개가 없었는데, 부모님이 개를 돌보기 싫어했기 때문인데, 저는 제가 돌보겠다고 했지만, 부모님은 제가 그러지 못할 거라고 했고, 저는 제가 그럴 수 있다고 했고, 부모님은 '네가 지금은 그렇게 말하지만 우리는 너를 잘 알고 항상 무슨 일이 생겨서 못할 것'이라고 했고, 저는 제가 정말로 진심으로 돌볼 수 있다고 했고, 그래서 부모님이 알았다고 했고, 그래서 이틀 전에 토비라는 강아지를 샀는데, 토비는 정말 귀엽고, 제가 항상 토비를 돌봐 주는데, 어제는 이 연설을 쓰느라 바빠서 돌봐 주지 못했는데, 따지고 보면 회장이 되는 것이 개한테 먹이를 주는 것보다 훨씬 중요하니까, 만약 저를 회장으로 뽑아 주면, 제 개가 육 학년 반의 회장으로서 맡은 바 일을 하는 데 방해가 되지 않도록 하겠습니다."

크리스티는 숨을 깊게 들이마셨다.

"감사합니다."

모두들 박수를 쳤다.

하드리크 선생님이 말했다.

"아주 잘했다, 크리스티. 자, 필립."

필립은 침을 꼴깍 삼켰다. 필립은 연설문을 써 오지 않았다. 써 와야 하는 것인 줄 몰랐기 때문이다. 필립은 교실 앞으로 느릿느릿 나가면서 재빨리 머리를 굴렸다. 필립은 자신이 회장이 되어야 하는 이유를 이렇게 말했다.

"음, 우리 집은 학교에서 멀지 않습니다. 그래서 음, 혹시, 음, 비상사태가 생기면, 곧바로 학교로 달려올 수 있습니다. 저는, 음, 크리스티보다 음, 훨씬 가까이에 살고 있습니다. 음, 그리고 저는 개는 안 키웁니다."

필립은 자리로 돌아가려고 발걸음을 떼었다가 한마디를 더 했다.

"음, 감사합니다."

모두들 박수를 쳤다.

필립과 크리스티가 교실 밖으로 나간 뒤, 투표가 시작되었다. 앤젤린은 약속한 대로 필립에게 표를 주었지만, 결국 필립이 졌다. 크리스티 매튜슨이 회장에 당선되었고, 필립은 부회장에 당선되었다.

이어 다른 학급 임원들을 뽑는 선거가 이어졌다. 회계부장, 칠판부장, 공부장, 창문부장 등을 뽑아야 했다.

이윽고 하드리크 선생님이 말했다.

"쓰레기부장 후보 추천을 받겠어요."

앤젤린의 심장이 쿵쾅쿵쾅 뛰었다. 앤젤린이 필립을 쳐다보니 필립은 고개를 푹 숙인 채 앤젤린 눈길을 피하고 있었다.

앤젤린은 깨달았다.

'아, 필립은 나를 추천하지 않겠구나.'

앤젤린은 얼굴을 찌푸렸다. 앤젤린이 할 수 있는 일은 없었다. 필립에게는 벌써 표를 주었다. 이제 와서 표를 물릴 수는 없었다. 앤젤린은 필립이 처음부터 이렇게 할 계획이었다고 짐작했다. 더구나 필립은 선거에서 졌다. 게다가 앤젤린이 진짜로 표를 주었는지 필립이 어떻게 알 수 있겠는가? 투표할 때 필립은 교실 밖에 있었다.

앤젤린은 생각했다.

'어차피 당선되지도 못할 텐데, 뭐.'

필립이 목덜미를 긁적거리며 자리에서 꼼지락꼼지락했다. 그러더니 손을 번쩍 들었다.

"저는 앤젤린 퍼…… 퍼……."

필립은 앤젤린의 성을 제대로 발음하지 못했다.

"퍼플-포터머스를 추천합니다."

앤젤린은 환하게 웃었다.

하드리크 선생님이 자신의 귀를 믿지 못하겠다는 듯이 필립을 한참 바라보더니, 이윽고 입을 뗐다.

"그-래. 이 추천을 재청할 사람 있나요?"

앤젤린은 아무도 자신의 추천을 재청하지 않으리라는 것을 알고 있었지만, 그래도 부지런히 교실을 둘러보았다.

'흠, 적어도 추천은 받았으니까, 뭐.'

그때 크리스티 매튜슨이 말했다.

"제가 재청합니다."

앤젤린은 믿을 수가 없었다.

잠시 후, 앤젤린이 연설을 했다.

"저는 제가 좋은 쓰레기부장이 될 수 있을 거라고 생각합니다. 우리 아빠는 훌륭한 청소부입니다. 시 공무원이에요. 시에서 쓰레기를 제일 잘 수거하는 분입니다. 저는 아빠만큼 잘하지는 못하겠지만, 아빠한테서 많은 것을 배울 수 있습니다."

앤젤린은 더 이상 할 말이 떠오르지 않았다.

"저에게 기회를 주면 좋겠어요. 고맙습니다."

앤젤린이 당선되었다!

앤젤린이 유일한 후보이기는 했지만, 어쨌든 당선은 당선이었다! 앤젤린은 너무 기뻐 엉엉 울 뻔했다.

다른 아이들이 모두 쉬는 시간을 보내러 밖으로 나갔을 때, 앤젤린은 쓰레기를 줍기 위해 교실에 남아야 했다.

하드리크 선생님이 말했다.

"종잇조각 하나라도 빠뜨리지 말고 주워야 한다."

앤젤린이 당선되었다! 교실에 남아 쓰레기를 주웠다. 종잇조각 두어 개와 부러진 지우개밖에 없었기 때문에 시간이 그리 오래 걸리지는 않았다. 하지만 앤젤린은 쓰레기를 빠짐없이 치우기 위해 최선을 다했다.

앤젤린은 생각했다.

'아빠가 지금 내 모습을 볼 수 있으면 참 좋을 텐데. 나를 정말 자랑스러워하실 텐데!'

# 7
## 개들 잘못이 아니야!

앤젤린은 태어나기 전부터 알고 있던 것들을 도대체 어떻게 알게 되었을까? 천재라서? 별종이라서? 둘 다 하나의 설명이 될 수 있을 것이다. 하지만 다음과 같은 설명도 있다.

예쁜 여자아이가 꽃 한 송이를 딴다. 벌 한 마리가 원래 꽃이 있던 자리로 돌아와 꽃이 사라진 것을 보고는 화가 나서 빨간 수염을 기른 남자를 침으로 쏜다. 빨간 수염을 기른 남자는 앞을 보지 않고 걷다가 머리에 컬러(머리카락을 곱슬하게 만들 때 쓰는 미용 기구)를 만 채로 식료품이 든 봉지 두 개를 들고 가는 여자와 부딪힌다. 식료품들이 길바닥으로 쏟아지고, 빨간 수염을 기른 남자와 몇몇 친절한 이웃들이 머리에 컬러를 말고 있는 여자를 도와 식료품들을 모두 줍는다.

앤젤린은 식료품들을 줍고 있는 사람들을 보며 이렇게 말할지도 모른다.

"봐. 꽃을 들고 있는 예쁜 여자아이가 있어."

지금 앤젤린은 전체와 균형을 맞추고 있는 것이다.

전체는 모든 것이고, 모든 것은 전체의 일부분이다. 모든 사람들은 태어나기 전에 전체와 균형을 맞추고 있다. 하지만 대부분의 사람들은 세상에 태어나면서 그 균형을 잃어버린다. 앤젤린은 그 균형을 잃지 않았다.

아빠가 사 준 고리타분한 냄새가 나는 책 중 한 권에서 작가는 다음과 같은 질문을 했다. 작가는 그 질문이 무척 중요하다고 생각하는 듯했다.

'숲속에서 나무 한 그루가 쓰러졌는데 아무도 그 소리를 듣지 못했다면, 나무는 소리를 낸 것일까?'

작가는 이 질문에 대한 답이 없다고 했다. 사실은 작가도 답을 모른 것이었지만, 작가들은 늘 자신이 뭔가를 모른다는 사실을 인정하기 싫어한다. 모든 질문에는 답이 있기 마련이다. 그렇지 않으면 질문이 아니다.

앤젤린은 그 나무가 소리를 냈다는 것을 알고 있었다. 그것은 전체의 일부다. 그리고 모든 사람들은 결국 그 소리를 어떤 식으로든 듣게 되어 있다. 모든 일은 다른 모든 일에 영향을 미치기 때문이다. 어떻게 해야 들을 수 있는지만 알면 된다.

앤젤린은 듣는 법을 알았다. 귀로 듣는 것뿐만 아니라, 눈, 코, 입, 팔꿈치, 머리카락, 발톱, 무릎으로도 듣는 법을 알았다.

앤젤린은 미스터 본의 바닷고기 어항을 물끄러미 바라보았다. 민물고기에는 거의 주의를 기울이지 않았다. 미스 터본은 바닷고기 두 종류를 사 왔다. 하나는 에인절피시이고 하나는 거피였다. 거피는 몸이 마치 무지개처럼 여러 색깔이었다. 모든 색깔이 서로 뒤섞여 있었다. 그래서 앤젤린은 예를 들어, 어디에서부터 파란색이고 어디까지 빨간색인지 정확히 분간을 할 수가 없었다. 에인절피시는 분홍빛이 도는 옅은 파란색이었고, 솜털처럼 보들보들해 보였다.

앤젤린이 말했다.

"이 물고기들을 보면 바다가 생각나요."

미스 터본이 물었다.

"바다 좋아하니?"

"한 번도 못 봤어요."

개리가 물었다.

"텔레비전에서도?"

"우리 집에는 텔레비전이 없어."

"그럼 해변은? 미첼해변에 안 가 봤어? 여기에서 별로 안 먼데.”

앤젤린은 어항 안에서 헤엄치고 있는 물고기들을 보면서 대답했다.

“안 가 봤어.”

“우리 가족은 거기 자주 가는데. 너네 아빠가 왜 한 번도 안 데려가 주셨을까?”

“몰라. 그냥 안 데려가 주셨어.”

“미스터 본, 혹시 해변 좋아하세요?”

미스 터본은 아까부터 바다에 가 본 적도 없는 앤젤린이 물고기를 보고 어떻게 바다 생각을 하게 되었는지 의아해하고 있었다.

“뭐라고? 아, 그래, 나는 해변을 정말 좋아해.”

개리가 말했다.

“저도요.”

앤젤린이 말했다.

“저도 좋아해요.”

개리가 미스 터본에게 물었다.

“햇빛을 받으며 바닷가에 누워 있는 걸 좋아하세요, 아니면 바닷속에 들어가는 것을 좋아하세요?”

“둘 다.”

"비키니 입으세요?"

개리의 물음에 미스 터본은 하하 웃고는 대답했다.

"가끔은."

이번에는 앤젤린이 물었다.

"미스터 본, 바다에서 고래 본 적 있으세요?"

"아니."

개리가 말했다.

"선생님 차 범퍼에 '고래를 보호하자'라는 스티커가 붙어 있어. 그렇죠, 선생님?"

앤젤린이 말했다.

"우아, 멋지시네요!"

미스 터본이 말했다.

"아니, 멋진 게 아니란다. 끔찍한 일이지. 많은 고래들이 죽어 가고 있어. 곧 한 마리도 안 남게 될지도 몰라."

개리가 물었다.

"고래들이 왜 죽어 가고 있죠?"

"사람들이 이기적이고 무자비하기 때문이지."

"그런데 고래들을 죽인 다음에는 어떻게 해요?"

"주로 개 먹이를 만드는 데 써. 그리고 향수하고."

개리가 소리쳤다.

"향수라고요! 누가 고래 냄새를 풍기며 다니고 싶어 할까요?"

앤젤린이 말했다.

"나. 나는 고래 냄새 좋아해. 하지만 그렇다고 고래를 죽여도 된다고 생각하지는 않아."

미스 터본은 앤젤린에게 고래 냄새를 맡은 적이 있느냐고 물으려다 곧 마음을 바꾸었다. 바다를 본 적도 없는데 어떻게 고래 냄새를 맡았겠는가? 하지만 선생님은 왠지 앤젤린이 고래 냄새를 정확히 알고 있는 것 같은 느낌이 들었다. 그래서 질문을 하는 대신 이렇게 말했다.

"고래로 만든 향수에서 고래 냄새가 나는 건 아니야. 고래한테서 나오는 용연향이라고, 아주 달콤한 향기가 나는 물질이 있어. 그걸로 향수를 만드는 거야."

앤젤린이 말했다.

"아, 그렇구나. 음, 근데 저는 그 냄새는 별로일 것 같아요."

개리가 말했다.

"이야, 고래 한 마리면 엄청난 양의 개 먹이를 만들 수 있겠네요."

"사실은 그렇지 않아. 그래서 더 끔찍한 상황이 벌어지고 있는 거야."

앤젤린이 말했다.

"개들 잘못은 아니에요. 개들은 고래를 먹고 있다는 사실도 모를 테니까요."

"그래, 사람들 잘못이지. 그리고 고래만의 문제도 아니야. 모든 것에 영향을 끼치는 문제지. 고래 한 마리가 살해될 때마다 우리의 삶도 조금씩 더 나빠지니까."

앤젤린은 선생님이 무슨 말을 하는지 잘 알았다. 모든 사람들이 어떤 식으로든 느끼고 있는 문제이기 때문이었다. 지금 선생님은 전체와의 균형에 대해 말하고 있었다.

# 8
## 아빠는 늘 이런 식이야!

아벨과 거스는 담당 구역을 다 돌고 난 뒤 차를 쓰레기 하치
장으로 몰고 가서 다른 쓰레기차들 뒤에 줄을 서 차례를 기다
렸다. 매일 똑같은 일과였다. 지역의 모든 청소부들이 비슷한
시간에 일을 끝마치기 때문에 쓰레기 하치장은 늘 차로 붐볐
다. 아벨과 거스의 쓰레기차 뒤에 있는 쓰레기차 운전사가 마
치 그렇게 하면 일이 더 빨리 진행되기라도 한다는 듯이 경적
을 울렸다.

아벨이 말했다.

"걔한테 어떻게 말해야 할지 모르겠어."

거스가 물었다.

"앤젤리나? 왜? 걔는 말하기 쉬운 애야."

"자네한테나 그렇지. 자네하고 걔는 늘 죽이 짝짝 맞잖아. 앤젤린이 자네를 많이 좋아해."

"앤젤린은 자네도 좋아해."

"잘 모르겠어. 아마도 그렇겠지. 그러니까 내 말은, 내가 걔 아빠고 걔가 나를 사랑한다는 건 알지만, 그렇다고 그게 나를 좋아한다는 뜻은 아니잖아. 나는 그 아이하고 말을 잘 못 나누겠어. 우리는 몇 마디 이상은 대화를 하지 않아."

"그냥 말하면 돼. 아무것도 아니야."

"앤젤린이 요즘 소금물을 마셔. 어젯밤에 바닥에 앉아 책을 읽으면서 소금물 한 잔을 옆에 놔두고 있더라고. 왜 소금물을 마실까?"

"소금물이 맛있나 보지."

"맛있을 게 뭐 있어? 그냥 소금하고 물인데."

거스는 어깨를 으쓱했다.

아벨이 말했다.

"소금물을 마시면 미칠 수도 있다는 이야기를 들었어."

"아닐 거야. 소금을 먹는다고 사람이 미치진 않잖아. 물도 마찬가지고. 그런데 어떻게 소금물을 마신다고 사람이 미치겠어?"

"모르겠어. 언젠가 구명보트에 갇힌 남자들에 대한 책을 읽은 적이 있는데, 한 명이 소금물을 마시고 미쳐 버렸어. 실제로 있었던 일이라고 하던데."

"흠, 모르겠네. 바닷물에는 소금 말고도 많은 것들이 들어 있잖아."

두 사람의 차가 줄에서 한 자리 앞으로 이동했다.

아벨이 말했다.

"앤젤린은 내가 감당하기에는 너무 똑똑해. 늘 무슨 말을 해야 할지 모르겠어."

거스가 웃고는 대꾸했다.

"왜 소금물을 마시고 싶어 하는지 물어보지그래."

"어떻게? 그런 걸 어떻게 물어봐?"

거스는 다시 웃었다.

"그것 참 어려운 문제네. 그냥 가서 '앤젤린, 왜 소금물 마시는 것을 좋아하니?'라고 물어보면 되지 않을까?"

"그렇겠지. 말이야 참 쉽지."

마침내 아벨과 거스의 차례가 왔다. 두 사람은 트럭을 뒤로 돌려 쓰레기를 쏟아부은 다음, 트럭을 주차하고 자신들의 차에 타기 위해 차고로 향했다.


앤젤린은 까치발을 딛고 부엌 싱크대의 수도꼭지를 돌렸다. 그러고는 수도꼭지 밑에 유리잔을 대고 물을 반쯤 채웠다. 그런 다음 조리대에서 작은 구멍이 숭숭 뚫린 소금 그릇을 집어 유리잔에 소금을 조금 뿌렸다.

앤젤린은 물을 한 모금 마셔 보고는 소금을 조금 더 넣었다. 그런 다음 또 한 모금을 마시고는 이번에는 물을 조금 더 넣었다. 그러고는 또다시 한 모금을 마시고는 다시 소금을 더 넣었다. 앤젤린은 맛을 보고는 빙긋이 웃었다. 완벽했다. 앤젤린은 다시 까치발을 딛고 수도꼭지를 잠갔다. 그런 다음 물을 들고 거실로 돌아가 책을 읽으면서 천천히 물을 마셨다.

애꾸눈 해적이 아름다운 여인을 납치해서 자신과 결혼하지 않으면 배 갑판 너머로 내민 널빤지 위를 걸어야 한다고 했다. 여인은 해가 질 때까지 결정을 내려야 했다. 정한 시간이 거의 다 되자, 여인은 등 뒤로 손이 묶인 채로 널빤지 가장자리에 섰다. 여인은 고운 얼굴을 기품 있게 쳐들고 분홍빛 하늘을 물끄러미 보며 생각했다. '아, 치욕적인 삶을 사느니 명예를 지키며 죽는 게 나아.'

앤젤린의 눈에서 눈물이 주르륵 흘러내렸다. 앤젤린은 소매로 코를 훔쳤다. 하지만 아빠가 문을 여는 소리가 들리자 금세 표정이 환해졌다.

"샤워하기 전에는 아빠 안지 마라."

"언제 아빠랑 같이 바닷가에 갈 수 있을까요?"

아벨이 딱 잘라 말했다.

"안 돼."

"미첼해변 어때요? 정말 가깝대요. 개리 가족은 자주 간다던데."

"안 된다고 했지."

아빠는 다시는 묻지 말라는 듯 단호하게 말했다.

앤젤린은 더 이상 아무 말도 하지 않았지만, 부당하다고 생각하는 것을 보여 주기 위해 아빠에게서 등을 휙 돌렸다.

아벨은 화장실로 가서 샤워를 했다. 그런데 앤젤린을 너무 차갑게 대한 것 같아 속이 상했다. 거스처럼 앤젤린과 대화하려고 노력하기로 마음먹은 후에 벌어진 일이라 더욱더 마음이 상했다.

아벨은 파자마와 가운을 입고 거실로 나왔다. 앤젤린은 소파에 앉아 책을 읽고 있었다. 아벨은 앤젤린 옆에 앉았다. 아빠가 아무 설명도 없이 바닷가에 데려가 주지 않는다는 것에 화가 난 앤젤린은 쌀쌀맞은 표정으로 아빠를 쳐다보았다.

아벨은 어떻게 말을 시작해야 할지 고민했다.

이윽고 아벨이 말했다.

"그래, 학교에서는 잘 있지?"

앤젤린은 개리의 농담이 생각나서 큰 소리로 말했다.

"아! 그런 동물은 안 키워요!"

앤젤린은 화난 것도 까맣게 잊어버리고는 깔깔 웃었다.

아벨은 앤젤린이 도대체 무슨 말을 하는지 어리둥절했지만 이렇게 말했다.

"그래, 그렇구나."

아벨은 자기도 거스처럼 함께 이야기하고 웃을 수 있다는 것을 딸에게 보여 주고 싶었다.

"그래, 오늘 학교는 어땠니?"

앤젤린은 오늘 학교에서 있었던 기분 좋은 일들을 떠올리며 미소를 지었다. 학교가 재미있었던 몇 안 되는 날 중 하루였다. 앤젤린은 신이 나서 말했다.

"미스터 본이 나한테 물고기 먹이를 주라고 했어요."

"그래, 그렇구나."

아벨은 간단한 문장 하나가 어떻게 이토록 혼란스러울 수 있는지 의아했다. 아벨은 한동안 생각을 하고 나서야 다음 말을 꺼냈다.

"미스터 본이 누구니?"

앤젤린은 아빠에게 미스터 본에 대해 말할 생각에 신이 났다.

"멋진 선생님이세요. 어항 두 개를 가지고 있는데, 어제는 저한테 과자 모양 물고기를 주셨어요."

앤젤린은 하하 웃고는 다시 말했다.

"아니, 물고기 모양 과자를 주셨어요. 그래서 맛있게 냠냠 먹었죠."

"그래, 그렇구나."

앤젤린과 아빠는 이야기를 나누고 있었지만 마치 서로 다른 언어를 쓰고 있는 것 같았다. 아벨은 해변에 데려가 주지 않는다고 앤젤린이 일부러 자기를 헷갈리게 만들려고 애쓰는 것은 아닐까 하는 생각을 했다. 하지만 그보다는 앤젤린이 자신이 감당하기에 너무 똑똑하기 때문이라고 생각했다. 그렇지만 앤젤린에게 그것을 들키고 싶지 않았기 때문에 대화를 따라가려고 최선을 다했다.

"너는 담임선생님을 싫어한다고 알고 있었는데."

"싫어해요. 하드리크 선생님은 정말 싫어요. 하드리크 선생님이 우리 담임선생님이에요. 미스터 본은 개리 반 담임선생님이에요. 아주 멋진 여자 선생님이에요."

아벨은 어리둥절해하며 앤젤린을 바라보았다.

"미스터 본이 여선생님이니?"

앤젤린은 고개를 끄덕끄덕했다.

"정말로 좋으신 분이에요."

"그런데 미스터 본이라고 불러?"

"네."

앤젤린도 이것이 말이 안 된다는 것을 알았다.

"그래, 그렇구나. 이제 뭔 말인지 이해가 되는구나."

"정말로 이해가 되세요?"

"그럼."

아벨은 자신이 이해하지 못하고 있다는 것을 딸에게 들키고 싶지 않았지만, 아벨이 미처 깨닫지 못한 것은, 앤젤린도 이해를 못 하고 있다는 사실이었다. 따라서 아벨이 그냥 이해를 못 하고 있다고 말했다면 앤젤린도 이해를 했겠지만, 아벨이 이해를 하고 있다고 말했기 때문에 앤젤린도 이해를 하지 못하고 있었다.

"저한테 설명해 보세요."

아벨은 믿을 수가 없었다.

'얘가 이제 나를 시험하려고까지 하네!'

"뭘 설명해?"

"선생님이 여자인데, 왜 미스터 본이라고 부르는 거죠?"

아벨은 당황하여 소리를 버럭 질렀다.

"몰라! 그렇다고 말한 사람은 너잖아! 내가 아니라! 여자 선생님이다, 미스터 본이라고 부른다, 그리고 물고기 떼를 가르치신다, 개리 모양 과자를 물고기들에게 줬다."

앤젤린은 깔깔 웃었다. 앤젤린은 아빠가 자기에게 농담을 할 때가 정말 좋았다.

아벨은 너무나 화가 나서 앤젤린이 웃은 사실도 알아차리지 못했다. 아벨은 처음부터 다시 시작하려고 이렇게 말했다.

"그래, 그렇구나. 학교에서 또 무슨 일이 있었니?"

"무슨 일이 있었게요?"

"음, 모르겠어. 포기야, 포기. 무슨 일이 있었는데?"

아벨은 앤젤린과 장단을 맞춰 장난을 치는 것이 행복했다. 앤젤린이 자랑스럽게 말했다.

"쓰레기부장에 당선됐어요."

"그것 참 흥미로운 것 같구나. 그 일을 하는 게 좋니?"

"네, 진짜 재미있어요."

"좋아. 그 일에 대해 좀 더 말해 볼래?"

"그러니까 있잖아요, 다른 아이들이 모두 점심을 먹고 나서 놀러 나가면, 저는 교실에 남아서 쓰레기를 모아요. 당선 안 될 줄 알았는데, 필립 코빈이 나를 추천하고 크리스티 매튜슨이 재청을 했어요."

아벨의 얼굴이 빨개졌다.

"무슨 일을 한다고?"

다그치는 말투였다.

"쓰레기를 모아요. 아빠랑 똑같이."

아벨은 가슴속이 갈기갈기 찢기는 것 같았다.

"아빠가 저한테 도움이 될 만한 말들을 좀 해 주실 수 있을 거라고 생각했어요."

아벨은 벌떡 일어나 말했다.

"안 돼."

앤젤린은 아랑곳하지 않고 계속 말했다.

"있잖아요. 종이를 그냥 쓰레기통에 버리는 게 좋은지, 아니면 구겨서 버리는 게 좋은지, 뭐 그런 거요."

"안 돼!"

아벨은 아까보다 훨씬 큰 목소리로 같은 말을 되풀이했다.

"안 돼. 너한테 도움이 될 만한 말 따위는 안 할 거야. 안 돼. 너는 쓰레기 모으는 사람이 되면 안 돼!"

앤젤린은 울음을 터뜨렸다.

"하지만……."

아벨은 소리를 질렀다.

"안 돼!"

아벨은 무척 화가 났다.

"그러라고 학교에 보낸 게 아니야. 언젠가 앤젤린, 너는 의사나 변호사가 될 거야. 쓰레기나 모으는 청소부가 아니라."

앤젤린이 훌쩍이며 말했다.

"그건 모르는 일이에요."

아벨은 다시 소리를 버럭 질렀다.

"아, 아니야. 난 알아!"

앤젤린은 아빠가 때릴까 봐 더럭 겁이 났다. 아빠가 이렇게 화를 내는 모습은 처음 봤다.

"내일 너희 선생님한테, 하드리크 선생님인지 미스터 본인지, 아니면 네가 어떻게 부르든지 간에, 선생님한테 가서 네 쓰레기 빼고는 그 누구의 쓰레기도 줍지 않겠다고 말해."

앤젤린은 소파 쿠션에 얼굴을 묻고는 말했다.

"그만둘 수 있는지 알아볼게요."

"만약 선생님이 그걸 못마땅하게 생각하면, 아빠한테 말하라고 전해!"

아벨은 소파에 쓰러져 울고 있는 앤젤린을 한 번 보고는 부엌으로 갔다.

앤젤린은 몸을 일으켜 앉았다.

"이건 너무해요!"

앤젤린은 그렇게 소리치고는 화장실로 향했다.

"아빠는 늘 이런 식이에요!"

앤젤린은 화장실 문을 쾅 닫았다. 그러고는 문을 열었다가 다시 쾅 닫았다.

아벨은 싱크대 수도꼭지를 틀어 얼굴에 물을 끼얹었다. 그러고는 이렇게 중얼거렸다.

"나는 딸하고 얘기도 제대로 못 나눈다니까."

아벨은 화장실에서 울고 있는 앤젤린을 생각하며 한숨을 푹 쉬었다. 그러고는 처량하게 저녁 준비를 하기 시작했다.

"저녁에 밀크세이크 먹을래?"

아벨은 앤젤린이 밀크세이크를 좋아한다는 것을 알고 있었다.

"딸기 맛이야!"

앤젤린이 부엌으로 들어왔다. 많이 울었는지 눈이 빨갰다.

"고맙지만 됐어요. 소금물이나 한 잔 마실래요."

'소금물.'

아벨은 앤젤린에게 왜 소금물을 마시는지 묻고 싶었지만, 어떻게 물어야 할지 몰랐다.

# 9
## 쓰레기! 쓰레기! 쓰레기!

크리스티 매튜슨이 귀를 뚫었다. 그래서 귀에 자그마한 금색 기둥 같은 귀걸이를 하고 학교에 왔다.

아이들이 우르르 몰려가 크리스티를 에워쌌다.

크리스티가 말했다.

"진짜 금이야. 진짜 금이 아니면 내 귀가 녹색으로 변할 거야."

앤젤린도 보고 싶었지만 둘러선 아이들 바깥에 있었다. 크리스티의 금 귀걸이나 귀가 녹색으로 변하는 모습, 둘 중 하나를 보고 싶었다.

크리스티가 말했다.

"이 주일 동안 가만히 내버려 둬야 해. 무슨 일이 있어도 빼면 안 돼. 빼면 구멍이 막혀 버리거든."

"그게 무슨 큰일이라고!"

필립이 아이들 사이를 비집고 들어가면서 말했다.

"네 입이나 좀 막혀 버리면 좋겠다."

크리스티가 대꾸했다.

"꺼져."

앤젤린은 필립이 지나가면서 생긴 틈새로 들여다보려고 했지만, 틈새는 귀걸이를 빼면 귀가 막혀 버린다는 크리스티의 말처럼 빠르게 막혀 버렸다.

필립이 말했다.

"코도 뚫지그래. 정말 멋질 텐데."

주디 마틴이 말했다.

"너는 입 좀 닥치지그래."

둥글게 모여 있던 아이들이 금세 흩어졌고, 크리스티와 주디만 남아 이야기를 나누었다. 주로 필립이 얼마나 소름 끼치도록 싫은지에 대한 이야기였지만, 소름이 돋을 정도로 귀여운 구석이 있다는 말도 있었다.

앤젤린이 둘에게 다가가서 물었다.

"크리스티, 귀걸이 좀 봐도 돼?"

크리스티가 뭐라고 말하기 전에 주디 마틴이 끼어들었다.

"꺼져, 이 별종아. 우리 바쁜 거 안 보여?"

앤젤린은 얼굴이 빨개져서는 뒤로 홱 돌아 자기 책상으로 걸어갔다. 왜 사람들이 아무 이유도 없이 못되게 구는지 이해가 되지 않았다. 게다가 주디에게 물어본 것도 아니었다. 크리스터에게 물어본 것이었다.

앤젤린은 혼잣말을 했다.

"울 거 없어. 귀걸이 안 보여 준 게 뭐 그리 큰일이라고."

문제는 앤젤린이 항상 바깥에 있다는 것이었다. 앤젤린은 안에 있는 사람이 되고 싶었다.

하드리크 선생님이 들어왔고, 종이 울렸다.

첫 시간은 수학이었다. 수학은 앤젤린이 가장 좋아하는 과목이 될 수도 있었다. 하드리크 선생님이 수학을 죽여 버리지만 않았다면.

앤젤린은 더 이상 쓰레기부장을 맡을 수 없게 된 사정을 어떻게 말할지 궁리하고 있었다.

'저는 쓰레기부장 자리에서 물러나고 싶습니다. 가족 문제 때문에 쓰레기부장 자리를 그만둘 수밖에 없습니다.'

앤젤린은 벽에 붙어 있는 포스터를 물끄러미 보았다. 평소에도 끔찍이 싫어하는 포스터였다. 앤젤린은 교실 안에 있는 모든 것이 끔찍이 싫었다. 이 교실이 학교에서 가장 형편없는 교실이라고 생각했다. 그리고 이 학교가 세상에서 가장 형편없는 학교라고 생각했다. 이 학교에서 좋은 것이라고는 쓰레기부장이 되는 것뿐이었다. 그리고 개리. 그리고 미스터 본. 그리고 미스터 본의 물고기들.

'저는 더 이상 쓰레기부장을 맡을 수 없습니다. 안타깝지만 그만두겠습니다.'

하드리크 선생님이 수학을 가르치는 소리가 들렸지만, 앤젤린은 선생님 말에 귀를 기울일 수 없었다. 앤젤린은 이 세상 무엇보다도 하드리크 선생님이 싫었다.

앤젤린은 개리한테 들은 농담을 생각했다. 어떤 남자가 비행기에서 떨어졌다. 다행하게도 남자한테는 낙하산이 있었다. 불행하게도 낙하산이 펼쳐지지 않았다. 다행하게도 아래에 마른 풀 더미가 있었다. 불행하게도 마른풀 더미 속에 쇠스랑이 있었다. 다행하게도 남자는 쇠스랑을 피했다. 불행하게도 남자는 건초 더미도 피했다. 앤젤린은 속으로 킥킥 웃었다. 평생 들은 농담 중 최고로 웃긴 것 같았다.

하드리크 선생님이 말했다.

"앤젤린! 수학이 웃기다고 생각하니?"

앤젤린이 대답했다.

"아니요."

사실 앤젤린은 수학이 웃기다고 생각했지만, 하드리크 선생님이 가르치는 방식은 하나도 웃기지 않았다. 하드리크 선생님은 수학에 들어 있는 유머를 모두 죽여 버렸다.

하드리크 선생님의 목소리가 들렸다.

"모든 게 암기야. 모든 방정식의 답을 암기해야 해."

점심시간을 알리는 종이 울린 뒤, 앤젤린은 쓰레기부장 자리에서 물러나려는 뜻을 밝히기 위해 하드리크 선생님 책상으로 걸어갔다. 앤젤린은 울지 않기를 빌었다. 마음을 가라앉히려고 숨을 깊이 들이마셨지만, 미처 말을 꺼내기도 전에 하드리크 선생님이 먼저 말했다.

"지금 어디 가는 거니? 쓰레기 다 줍기 전에는 아무 데도 못 가. 점심시간 끝나고 내가 교실을 아주 꼼꼼하게 점검할 계획이야."

선생님은 앤젤린이 말을 꺼내기도 전에 교실을 나가 버렸다.

앤젤린은 무엇을 어떻게 해야 할지 몰라 텅 빈 교실을 둘러보았다. 선생님께 혼나고 싶지 않았지만, 아빠의 말을 어기고 싶지도 않았다. 앤젤린은 울음을 터뜨렸다.

앤젤린은 하드리크 선생님이 수학을 죽이는 데 사용했던 분필 한 자루가 바닥에 떨어져 있는 것을 보았다. 앤젤린은 허리를 숙여 분필을 줍고는 눈물 사이로 분필을 찬찬히 살펴보았다.

"쓰레기."

앤젤린은 큰 소리로 그렇게 말하고는 분필을 쓰레기통에 넣었다.

하드리크 선생님의 수학책이 선생님 책상에 펼쳐져 있었다. 책에 답이 다 쓰여 있었기 때문에 교사용이라는 것을 알 수 있었다. '하드리크 선생님은 아마 혼자서는 답을 구하지도 못할 걸.' 하고 앤젤린은 생각했다.

"쓰레기."

앤젤린은 선언하듯이 말하고는 책을 쓰레기통에 버렸다.

그런 다음 벽에서 포스터를 뜯어냈다.

"쓰레기!"

앤젤린은 포스터를 꼬깃꼬깃 구겨 쓰레기통으로 툭 던졌다.

주디 마틴이 A를 받은 작문이 게시판에 붙어 있었다. 앤젤린은 그것도 뜯어냈다.

"쓰레기!"

앤젤린은 눈물을 흘리면서 다시 하드리크 선생님 책상으로 뛰어갔다. 두 손으로 압지(잉크나 먹물 따위로 쓴 것이 번지거나 묻어나지 않도록 위에서 눌러 물기를 빨아들이는 종이)를 움켜잡아 내던졌다. 압지가 날아가면서 선생님 책상 위에 있는 책, 종이, 펜, 연필, 종이 클립, 금색 별 스티커 등을 죄다 쓸어 교실

바닥으로 떨어뜨렸다. 앤젤린은 플라스틱으로 만든 장미가 꽂혀 있는 유리 꽃병을 깨 버렸다.

"쓰레기!"

앤젤린은 하하 웃고는 외쳤다.

"쓰레기!"

앤젤린은 미친 듯이 교실을 뛰어다니며 종이, 연필, 펜, 책들을 바닥으로 떨어뜨렸다. 그러면서 계속 외쳤다.

"쓰레기, 쓰레기."

책장에 꽂혀 있는 책들도 모두 바닥으로 던져 버렸다.

"쓰레기!"

앤젤린은 책상-누구 책상인지는 몰랐다.-을 넘어뜨리면서 뛰어가 교실 밖으로 나갔다.

앤젤린은 몇 번이나 숨을 깊이 들이마셨다가 내뱉었다. 울음은 멈추었지만 머리가 무척 어지러웠다. 앤젤린은 눈물을 닦고 숨을 길게 들이마신 다음 천천히 내뱉었다.

그러고는 미스터 본의 물고기들을 보러 갔다.

# 10
## 수족관에 가고 싶어

거피는 편하고 걱정 없는 모습으로 유유히 헤엄치고 있었다. 에인절피시가 미끄러지듯이 그 옆을 지나갔다. 물고기들을 보자 앤젤린의 마음은 순식간에 편안해졌다. 앤젤린은 개리와 미스터 본에게는 눈길 한번 주지 않았다. 방금 하드리크 선생님의 교실에서 일어난 일 그리고 그보다 걱정인 앞으로 일어날 일들에 대해서는 아예 생각도 하지 않았다. 에인절피시가 천천히 움직이다가 멈추더니 아가미로 일정하게 숨을 쉬면서 앤젤린과 얼굴을 마주했다.

개리가 말했다.

"너를 지켜보고 있네. 네가 물고기를 지켜보는 것하고 똑같이."

앤젤린은 폐로 숨을 쉬면서 물고기를 물끄러미 바라보았다.

미스 터본이 말했다.

"아마 앤젤린을 보지 못할걸. 유리에 비친 자기 모습을 보고 있을 거야."

개리와 미스 터본은 물고기를 지켜보고 있는 앤젤린을 지켜보았다. 두 사람은 뭔가 잘못되었다는 것을 눈치챘다. 앤젤린은 교실에 들어와 인사도 하지 않고 바로 물고기들에게 갔었다.

개리가 말했다.

"미스터 본, 앤젤린에게 그 수족관 이야기를 해 주세요."

"그래, 음, 그곳은······."

개리가 미스 터본의 말허리를 자르며 끼어들었다.

"세계 곳곳에서 온 물고기들이 가득 들어 있는 수조들밖에 없는 엄청나게 큰 건물이야. 집만큼이나 큰 수조도 있고, 상어하고 고래하고 돌고래도 있어."

미스 터본이 말했다.

"고래는 없어."

개리가 말했다.

"고래는 없어. 하지만 상어랑 돌고래는 있어. 그렇죠, 미스터 본?"

미스 터본이 고개를 끄덕였다.

"미스터 본 말씀이, 어떤 사람들은 돌고래가 사람보다 똑똑하다고 생각한대."

앤젤린이 계속 물고기에 눈길을 고정한 채 말했다.

"정말로 그래."

미스 터본이 웃었다. 앤젤린이 말한 것이 웃기다고 생각해서가 아니라, 앤젤린이 너무 당연하다는 듯이 말한 것에 놀랐기 때문이다.

그것은 앤젤린이 태어나기 전부터 알고 있던 것 중 하나였다. 모든 돌고래들이 모든 사람들보다 더 똑똑한 것은 아니지만, 어떤 돌고래들은 어떤 사람들, 예를 들면 하드리크 선생님 같은 사람들보다 똑똑하다는 것을.

'오리도 하드리크 선생님보다는 똑똑할걸.'

앤젤린은 그렇게 생각했다.

개리가 말했다.

"앤젤린에게 현장 학습 이야기를 해 주세요."

"그러니까……."

미스 터본이 말을 시작했지만, 다시 개리가 끼어들었다.

"미스터 본이 우리 반을 데리고 수족관으로 현장 학습을 갈 건데, 너도 와도 괜찮다고 하셨어."

처음으로 앤젤린이 어항에서 눈길을 돌렸다.

"가요. 지금 당장! 갈 수 있을까요? 쉬는 시간 끝나자마자?"

"안 돼. 너도 알잖니. 먼저 계획을 세워야지. 그리고 우리하고 같이 가도 되는지 너희 담임선생님께 허락도 받아야 하고."

앤젤린은 다시 어항을 바라보았다. 하드리크 선생님이 허락할 리가 없었다. 앤젤린은 하드리크 선생님 생각은 아예 하기도 싫었다. 앤젤린은 물고기에 집중했다. 거피가 평화롭게 헤엄치는 모습을 보면서 자신도 바다 한가운데에 있는 상상을 했다.

앤젤린이 물었다.

"바다에도 갈 수 있을까요?"

"그럴 수도 있지. 우선 수족관부터 가고."

개리가 물었다.

"아빠한테 왜 한 번도 바닷가에 안 데려갔는지 여쭤 봤어?"

"그냥 안 된대. 이유는 모르겠지만, 안 된대. 쓰레기차에도 안 태워 주셔."

미스 터본은 고개를 돌려 앤젤린을 신기하게 바라보았다. 그러면서 바다와 쓰레기차가 무슨 상관이 있는지 궁금해했다.

개리가 물었다.

"바닷가 사람들이 왜 부자인지 아니?"

"왜 그런데?"

"사장님들이 많거든. 바닷가에는 모래사장 천지잖아!"

앤젤린은 하하 웃었다. 평생 들은 농담 중 최고로 웃긴 것 같았다. 하지만 곧 웃음을 멈추었다. 종소리가 들렸기 때문이다.

## 11
## 고마워

앤젤린은 두려움에 떨며 하드리크 선생님 교실로 걸어가고 있었다. 집으로 가 버릴까 하는 생각도 했지만, 그러면 상황이 더 나빠질 것 같았다. 하드리크 선생님은 아빠에게 전화를 할 게 뻔했다. 그리고 무엇보다도 앤젤린은 아빠를 실망시키고 싶지 않았다. 앤젤린은 아빠가 자기에게 큰 기대를 품고 있다는 사실을 알고 있었다.

앤젤린은 하드리크 선생님에게 할 수 있는 설명을 생각해 보려고 했지만, 아무것도 생각나지 않았다. 사실은 자신도 왜 그런 짓을 했는지 알 수 없었다. 앤젤린은 이런 생각을 했다.

'사람들이 고래를 죽이기 때문이야. 그것이 모든 일에 영향을 미치고 있어.'

앤젤린은 숨을 들이마시고는 용감하게 교실 문을 열었다. 하지만 자신이 어질러 놓은 것을 보자마자 울음을 터뜨렸다. 앤젤린은 두어 발짝 걷다가 우뚝 멈춰 섰다. 하드리크 선생님이 앤젤린을 차갑게 노려보고 있었다. 마치 하드리크 선생님의 조용한 눈길이 앤젤린이 앞으로 가는 것을 막고 있는 것 같았다.

다른 아이들은 모두 책상 앞에 앉아 있었다. 딱 한 명, 넬슨 포드만 빼고. 앤젤린이 넬슨의 책상을 쓰러뜨려 버렸기 때문이다. 넬슨은 웃음을 참으려고 애쓰며 자기 책상 옆에 서 있었다. 하드리크 선생님이 아이들에게 모든 것을 있는 그대로 놔두라고 한 것이 틀림없었다.

앤젤린은 하드리크 선생님이 어서 할 말을 하고 끝내기를 바랐다. 정적 때문에 앤젤린은 숨이 막힐 지경이었다.

다른 아이들은 모두 조용히 있으려고 노력했지만, 두어 명이 참다못해 내뱉은 키득거리는 웃음소리가 앤젤린의 귀에 들렸다.

누군가 속삭였다.

"별종이 별스러운 짓을 저질렀네."

그 말이 웃기다고 생각한 다른 아이가 같은 말을 되풀이했다.

"별종이 별스러운 짓을 저질렀네."

하드리크 선생님이 소리쳤다.

"네가 한 짓이지! 나를 속일 수는 없어! 네가 했지? 그렇지?"

앤젤린은 누구도 속일 생각이 없었다. 자신이 한 일이 아니라면, 지금 왜 울면서 서 있겠는가?

하드리크 선생님이 다그쳤다.

"흠, 뭐라고 변명해 봐."

앤젤린은 훌쩍거려 눈물을 삼키고는 말했다.

"저는 쓰레기부장 자리에서 물러나고 싶습니다."

하드리크 선생님은 화가 머리끝까지 치민 것 같았다.

"오, 너는 네가 대단히 똑똑한 줄 알지? 그렇지? 이 교실에 있는 어떤 사람보다도 똑똑하다고 생각하지? 심지어 나보다도!"

선생님은 코웃음을 치고는 내처 말했다.

"흥, 넌 똑똑하지 않아! 그렇게 똑똑하면 이런 짓을 하겠어? 안 그래? 너는 육 학년에 있을 자격이 없어. 육 학년 학생은 아무도 없을 때 이렇게 성질을 부리지 않거든. 육 학년은 자기보다 좋은 성적을 받았다고 남의 작문을 뜯어내지 않아. 육 학년은 엄지를 빨지도 않고, 걸핏하면 울지도 않아! 그건 아기들이나 하는 짓이야! 너는 네가 생각한 것만큼 똑똑하지 않은 것 같구나."

앤젤린은 몸을 부들부들 떨고 울면서 하드리크 선생님의 말이 끝나기만 기다렸다. 선생님은 평소에도 앤젤린이 엄지를 빨고 우는 것을 무척 즐겼지만, 지금이 최고로 즐거운 순간이었다.

"불쌍한 넬슨을 봐. 앉을 자리도 없잖아."

넬슨은 웃음을 참기 위해 고개를 돌려야 했다.

"넬슨에게 사과를 해야 할 것 같구나."

앤젤린이 흐느끼며 말했다.

"미안해."

넬슨은 어깨를 으쓱했다.

하드리크 선생님이 다시 말했다.

"지금 당장 집으로 가. 네가 저지른 짓에 대해 네 어머니께 편지를 썼어. 어머니 서명을 받아서 내일 다시 가져오도록 해."

"엄마는…… 엄마는 돌아가셨어요."

하드리크 선생님은 짜증이 난 듯한 표정을 지었다.

"아버지는 계실 것 아니야?"

앤젤린은 고개를 끄덕였다.

"그럼 상관없어. 아버지 서명을 받아 와."

앤젤린은 떨면서 선생님 책상으로 걸어가 편지를 받았다. 그러고는 조심조심 밖으로 걸어 나갔다.

넬슨이 물었다.

"선생님, 책상을 이대로 놔둘까요?"

밖으로 나온 앤젤린은 몇 걸음 걷다가 쓰러져 빨간색 벽돌

건물의 모퉁이에 몸을 기댔다. 얼굴에 닿은 건물이 차갑게 느껴졌다. 앤젤린은 엄마 생각을 했다. 순한 얼굴에 눈이 큰 엄마의 모습이 떠올랐다. 어느 날 앤젤린이 할머니 집에 있는 동안 엄마와 아빠가 함께 외출을 했다. 그리고 아빠만 혼자 집으로 돌아왔다. 앤젤린은 엄마가 돌아가셨다고 아빠가 말한 순간을 떠올렸다. 그 말을 했을 때 창백하고 떨리던 아빠의 얼굴이 지금도 눈앞에 선했다. 하지만 아빠는 엄마가 왜 죽었는지는 한 번도 말해 주지 않았다. 앤젤린도 묻고 싶지 않았다.

태어나기 전부터 알고 있는 것도 있지만, 절대로 알 수 없는 것도 있다.


크리스티 매튜슨이 모퉁이를 돌다가 건물에 기대앉아 있는 앤젤린을 발견했다. 벽돌들이 앤젤린의 눈물로 젖어 있었다.

"앤젤린, 네 점심 도시락 가져왔어. 놓고 갔더라."

앤젤린은 크리스티를 올려다보며 미소를 지었다. 크리스티가 아무 이유 없이 친절을 베푼 것은 이번이 두 번째였다. 앤젤린은 속삭이듯 말했다.

"고마워."

"너 괜찮니? 화장실에 가서 세수라도 하지그러니. 네가 괜찮다면 내가 같이 가 줄게."

앤젤린은 움직일 힘이 없었다.

크리스티가 말했다.

"아, 나는 하드리크 선생님이 정말 싫어. 너도 그렇지? 아주 못됐어. 그게 다 선생님이 실력이 없어서 그러는 거야. 못되게 굴어서 자기가 얼마나 형편없는 선생인지 감추려는 거야."

앤젤린은 침을 꿀꺽 삼켰다.

크리스티가 말했다.

"그런 형편없는 선생님 때문에 속상할 필요 없어. 넌 정말 똑똑하잖아. 어차피 언젠가 넌 아주 훌륭하고 유명해질 텐데, 뭐."

앤젤린은 소매로 얼굴을 훔치고는 말했다.

"그건 모르는 일이야."

"필립이 선생님 별명을 지었어. '독사'라고."

크리스티는 깔깔 웃었다.

앤젤린도 깔깔 웃었다.

크리스티는 앤젤린이 일어나도록 도와주었다. 두 아이는 함께 여자 화장실로 천천히 걸어갔다.

"크리스티, 네 귀걸이 마음에 들어."

"진짜 금이야. 안 그러면 내 귀가 녹색으로 변할 거야."

## 12
# 그래, 너희도 기억나

앤젤린은 점심 도시락 봉투를 손에 꽉 쥔 채 학교 앞 정류장에서 기다렸다. 아직까지 몸이 조금 떨리는 것이 느껴졌다. 균형을 잡을 수 없는 것 같은 기분이었다.

이윽고 버스가 왔다. 앤젤린은 첫 번째 계단까지만 오르고는 운전기사에게 물었다.

"수족관에 가려면 어떤 버스를 타야 하나요?"

"이 버스를 타고 리치몬드거리까지 가서 북쪽으로 가는 8번 버스를 타렴. 그럼 수족관 바로 앞에서 내릴 수 있어."

앤젤린은 버스 앞쪽에 앉았다.

'수족관에 가면 모든 것이 괜찮아질 거야.'

버스 기사가 다음 정류장이 리치몬드거리라고 알려 주자, 앤젤린은 팔을 뻗어 머리 위에 있는 줄을 잡아당겼다. 앤젤린이 버스에서 제일 재미있어하는 것이 바로 내릴 때 당기는 줄이었다.

앤젤린은 북쪽으로 가는 8번 버스를 타서 통로 쪽 자리에 혼자 앉았다. 버스는 텅텅 비다시피 했다. 앤젤린은 하드리크 선생님의 편지를 열어 읽어 보았다.

퍼소폴리스 부인께,

제가 최선의 노력을 다했음에도 불구하고, 앤젤린은 육 학년의 지적, 감정적인 수준에 적응하지 못하고 있습니다. 앤젤린은 다른 아이들과 협력을 잘하지 못하고, 제가 제안한 특별한 도움을 모두 고집스럽게 거절했습니다. 앤젤린은 올해 내내 문제아였지만, 저는 앤젤린의 나이를 고려해 너그럽게 이해하려고 애썼습니다. 하지만 오늘은 도저히 용납할 수 없는 일을 저질렀습니다. 쉬는 시간에 다른 학생들이 모두 밖으로 나갔을 때, 앤젤린은 교실에 남아 성질을 부려 책걸상을 넘어뜨리고 다른 아이들의 물건을 훼손했습니다.

앤젤린이 집에서는 어떻게 행동하는지 모르지만, 학교에서는 그런 파괴적이고 반사회적인 행동을 받아들일 수 없습니다. 이런 일이 다시는 발생하지 않도록 잘 지도해 주실 것이라고 믿습니다.

마거릿 P. 하드리크 올림

편지를 다 읽고 나자, 앤젤린의 눈이 화끈거렸다. 편지를 든 손은 부들부들 떨고 있었다. 앤젤린은 어떻게 해야 할지 고민했다. 하지만 달리 선택할 수 있는 것은 없었다. 앤젤린은 편지를 갈기갈기 찢어 버스 의자 밑에 쑤셔 넣었다. 아빠가 편지를 보면 견딜 수 없을 것 같았기 때문이다.

앤젤린은 생각했다.

'수족관에 가면 어차피 모든 것이 괜찮아질 거야.'

버스가 숨찬 듯한 소리를 내며 서더니 승객 한 명을 토해 냈다. 그러고는 다시 출발해 우회전을 한 다음 맞은편에서 오는 쓰레기차를 지나쳐 갔다.


아벨은 라디오를 켜고 마음에 드는 채널을 찾으려고 했다.

거스가 아벨에게 말했다.

"도나의 여동생인 리사가 여기로 왔어. 오늘 넷이서 저녁 먹는 거 어때?"

"안 돼. 앤젤린이 걱정이야."

"자네는 앤젤린 걱정을 너무 많이 해. 재미도 좀 누리면서 살아야지. 자네는 자신한테 재미를 빚지고 있어."

"그래. 음, 어제는 앤젤린하고 대화를 너무 안 하는 게 걱정돼서 자네가 말한 대로 대화를 해 봤는데, 그러고 나니 걱정이 더 늘었어."

"왜? 무슨 이야기를 했는데?"

아벨은 고개를 절레절레 젓고는 말했다.

"모르겠어. 우선 하나만 말하면, 걔가 학교에서 뭘 하는지 알아? 쓰레기를 수거한대. 걔가 학교 청소부야."

거스는 하하 웃었다.

"자네처럼 되고 싶은가 보지."

"나는 걔가 나처럼 되기를 바라지 않아. 언젠가 걔는 정말로 특별한 사람이 될 수 있어."

"앤젤린은 이미 특별한 사람이야. 자네도 마찬가지고. 이제 스스로를 그렇게 생각할 때가 됐어."

"좋아. 그럼 이건 어떻게 생각해? 앤젤린한테 미스터 본이라 는 상상 속의 친구가 있어. 미스터 본은 여자야."

"뭐, 내가 정신과 의사는 아니지만, 지금까지 자네는 앤젤린 에게 아빠이자 엄마인 셈이었어. 앤젤린한테는 진짜 엄마가 필 요해."

"아, 그러니까 이제 내가 도나의 여동생과 결혼해야 된다, 이 거야?"

"내 말은 단지 이제 다시 여자를 사귈 때가 됐다는 뜻이야. 자네를 위해서도, 앤젤린을 위해서도. 인생에 재미라는 것도 좀 있어야지."

"소금물을 너무 많이 마시지 못하도록 해야 할 것 같아."

앤젤린은 손을 뻗어 줄을 잡아당겼다. 버스가 수족관 앞에
섰다. 앤젤린은 버스에서 내려, 들어가기만 하면 모든 것이 괜
찮아질 커다란 건물을 바라보았다.

앤젤린은 정문으로 걸어갔다. 입장료는 어른이 일 달러, 어
린이가 오십 센트였다. 앤젤린은 돈이 부족했다. 집으로 돌아
갈 버스비밖에 없었다.

앤젤린은 차가운 까만색 대리석 물개 동상에 처량하게 몸을
기댔다.

'도대체 내가 여기서 뭐 하는 걸까? 뭘 기대한 걸까? 수족관
이 마법처럼 모든 것을 괜찮아지게 할 수 있는 것도 아닐 텐데.'

그때 앤젤린 또래로 보이는 아이들이 웃고 소리치며 앤젤린
쪽으로 뛰어왔다. 그리고 아이들 뒤로 어른 여자 둘이 빠르게
걸어왔다. 그 두 사람은 아이들에게 조용히 하고 두 줄로 서라
고 소리쳤다. 앤젤린은 아이들이 현장 학습 왔다는 것을 알 수
있었다. 여자 한 명은 선생님이고 다른 한 명은 한 아이의 엄마
였다.

학생들이 수족관으로 들어갈 때, 앤젤린은 한쪽 줄 맨 끝으

로 뛰어가 아이들과 뒤섞여 안으로 들어갔다. 그리고 일단 안으로 들어간 다음 혼자 다른 곳으로 갔다.

앤젤린은 수조들이 줄지어 있는 복도를 걸었다. 복도는 어두웠지만 수조는 조명으로 환했다. 앤젤린은 온갖 모양과 크기의 물고기들을 보았다. 앤젤린만 한 큰 물고기도 있었고, 앤젤린 손톱보다 작은 물고기도 있었다. 가능한 모든 색깔의 조합이 있는 것 같았다. 그렇게 복도를 따라 걷자, 신기하게도 모든 것이 괜찮아졌다.

살벤자리, 돔발상어, 아귀, 노랑독가시치, 괴도라치 그리고 지구상에서 가장 강한 독을 가진, 아름답지만 치명적인 쏠배감펭. 앤젤린은 경이로운 물고기들을 하나하나 볼 때마다 감탄했다. 그런데 앤젤린은 마치 태어나기 전부터 알고 있었던 것처럼 물고기들을 알아보는 것 같았다. 흰동가리, 니그로, 개복치, 벤자리 등을 보았고, 수조 하나하나 앞에 멈춰 설 때마다 "오, 맞아. 너 기억나."라고 말하는 것처럼 보였다.

눈의 반은 물 밖으로 나오고 반은 물속에 잠기도록 수면까지 헤엄쳐 오른 네눈나비고기들도 있었다. 녀석들은 물 밖과 안을 동시에 볼 수 있었다. 태어날 때는 암컷이지만 죽을 때는 수컷이 되는 로열그라마도 보였다. 물구나무서듯이 거꾸로 헤엄치며 사는 카리브해그라마와 다이아몬드 헤드스텐더도 있

었다. 해저의 모래에 누워 돌인 척하지만 밟는 사람에게는 곧
바로 죽음을 안겨 주는 열대산 쏨뱅이도 보였다.

"문어, 해마, 창꼬치."

앤젤린은 조용히 혼잣말을 했다.

"그래. 너희도 기억나."

앤젤린은 평화로이 헤엄치거나 모래에 납작 누워 있는 물고
기들을 하나하나 보는 동안, 하드리크 선생님이나 아빠에게 보
낸 편지나 그 밖의 어떤 것에 대해서도 단 한 번도 생각하지 않
았다. 그리고 신기하게도 모든 것이 괜찮아졌다.

앤젤린은 뜰장어들을 지나갔다. 이 장어들은 마치 고무로
만든 연필처럼 길고 날씬했다. 녀석들은 바다 밑 모래 속에서
살았고, 팔 센티미터 정도 되는 머리만 모래 밖 물로 나와 있었
다. 장어 떼가 꼭 키 큰 풀들이 산들바람에 살랑살랑 흔들리
는 들판처럼 보였다.

개불, 생긴 것과 딱 어울리게 '코끼리의 혀'라는 별명을 가
진 물고기, 얼게돔, 복어, 긴코가시고기를 지나 나선형 계단을
올라가자 커다랗고 둥근 방 한가운데였다. 그곳에는 커다란 원
형 수조가 벽을 빙 두르고 있었다. 앤젤린은 자신이 수조 속에
있고 물고기들이 밖에서 헤엄치는 것 같은 느낌이 들었다. 물
고기 수백 마리가 고리 모양으로 앤젤린을 에워싸며 헤엄치고

있었다. 녀석들은 하나같이 몸집이 컸고, 얼음판에서 스케이트를 타는 사람들처럼 모두 한 방향으로 움직이고 있었다. 표범상어, 괴물농어, 노랑띠자붉돔, 박쥐가오리. 이 녀석들은 하나같이 눈이 축 처져, 슬픈 얼굴이었다. 하지만 원래 얼굴이 슬퍼 보이는 것이지 지금 슬픈 것은 아니었다.

앤젤린은 바닥에 앉았다. 그리고 크리스티가 갖다준 종이봉투를 열었다. 앤젤린은 크리스티가 착하다고 생각했다. 크리스티가 반 회장인 것이 기뻤다. 앤젤린은 샌드위치를 한 입 먹었다. 지금까지 가 본 수족관 중에 이곳이 제일 좋았다. 앤젤린은 입술을 핥았다. 레몬 젤로는 앤젤린이 가장 좋아하는 젤로였다.

아이들이 계단을 쿵쾅쿵쾅 올라와 전시실 안으로 우르르 들어왔다. 앤젤린이 몰래 수족관에 들어왔을 때 함께 있었던, 현장 학습 온 아이들이었다.

"우아, 이 녀석 좀 봐."

"상어다!"

"왜 다들 이렇게 슬퍼 보이지?"

아이들은 전시실 사방팔방으로 흩어져 어느 방향이든 앤젤린의 시야를 가로막았다. 아이들은 수조에 얼굴을 대고는 물고기들 관심을 끌려고 유리를 두드렸다. 하지만 물고기들은 여전히 슬프게 빙빙 돌 뿐, 아이들에게 눈길을 주지 않았다.

여자 어른이 주의를 주었다.

"유리 만지지 말렴. 잘못하면 깨진다."

앤젤린은 유리가 깨지고 물과 물고기들이 쏟아져 나오는 모습을 상상하면서 킥킥 웃었다. 아이가 유리를 두드릴 때마다 유리가 깨지면…….

여자 어른이 앤젤린에게 말했다.

"여기에서 음식 먹으면 안 돼."

학생들 중 한 명의 엄마가 틀림없었다.

앤젤린이 말했다.

"저는 이 반 학생이 아니에요."

"정말이니?"

앤젤린은 고개를 끄덕끄덕했다.

"아, 그렇구나. 음, 그렇다면 먹으렴."

앤젤린은 샌드위치를 한 입 더 베어 먹었다. 그러고는 물고기들을 따라 빙빙 돌고 있는 한 남자아이를 지켜보았다. 남자아이는 주로 괴물농어를 따라가고 있는 듯했다.

"잠깐만요. 잠깐만요. 잠깐만요."

남자아이는 물고기와 속도를 맞추려고 계속 다른 사람들을 헤집고 다녔다.

그 아이를 본 다른 아이 두 명이 그 아이디어가 마음에 들었던 모양이다. 녀석들도 각자 물고기를 고른 다음, 물고기를 따라 움직이기 시작했다. 얼마 지나지 않아, 아이들이 죄다 큰 원을 그리며 물고기를 따라 빙글빙글 돌고 있었다. 아이들 대부분은 웃고 있었지만, 몇몇 아이들은 물고기와 똑같이 인상을 팍 쓰고 있었다.

앤젤린은 나선형 계단을 내려와 계속 수족관 안을 돌아다녔다.

태평양먹장어는 먹잇감의 입을 통해 몸속으로 슬며시 들어가 안에서부터 먹이를 잡아먹는다. 눈먼동굴고기는 너무 깜깜한 깊은 바닷속에서 살아서 시력을 잃어버렸다. 아프리카폐어는 물 바깥으로 나와 진흙 속에서도 살 수 있다. 앤젤린은 이 모든 것이 너무나 재미있고 좋았다.

앤젤린은 걷는메기(클라라메기)를 보자, 개리에게 들은 애완용 물고기를 키운 남자에 대한 우스개가 생각났다. 물고기를 키운 한 남자가 있었는데, 어느 날 실수로 어항을 넘어뜨리는 바람에 물고기가 바닥으로 떨어졌다. 남자는 물고기를 주우려고 했지만 물고기가 자꾸만 손가락 사이로 빠져나갔다. 오 분이 지난 다음에야 겨우 두 손바닥을 모아 물고기를 들어 올려 어항에 넣을 수 있었다. 다행히 물고기는 살아 있었다. 이튿날 남자가 회사에서 돌아와 보니, 물고기가 다시 어항 밖에 나와 있었다. 남자는 서둘러 물고기를 다시 어항에 넣었다. 그런데 똑같은 일이 날마다 반복되었다. 결국 남자는 물고기를 잠시 어항 밖에 두고 무슨 일이 일어나는지 보기로 마음먹었다. 처음에는 삼십 분 동안 수조 밖에 두었다. 그러다 한 시간이 되고, 두 시간이 되고, 세 시간이 되고, 네 시간이 되었다. 결국 남자는 어항 물을 아예 비우고 물고기를 책상 서랍에 넣어 두었다가 함께 산책을 갈 때만 꺼내 주었다. 하루는 물고기를 데리고 공원을 산책하다가 연못을 보았다. 불쌍한 물고기는 연못에 너무 가까이 다가갔다가 결국 물에 빠져 죽고 말았다.

앤젤린은 깔깔 웃었다. 개리가 해 준 우스개 중 최고로 웃기다고 생각했다. 앤젤린은 지금 개리가 함께 있으면 좋겠다고 생각했다. 개리는 틀림없이 다양한 물고기에 대한 재미있는 농담을 알고 있을 것이다. 초콜릿메기가 보였다. 개리는 이 물고기에 대한 재미있는 농담도 틀림없이 알고 있을 것이다.

새끼손가락 크기 정도 되는 유리메기도 있었다. 뼈만 빼고 몸통 속이 훤히 보였다. 그런데 신기하게도 모든 것이 멀쩡했다.

돌고래, 쇠돌고래, 바다사자, 물개 등이 다 함께 헤엄치며 놀고 있는 커다란 수조가 나왔다. 앤젤린은 마치 태어나기 전에 돌고래였던 것처럼 슬프게 말했다.

"그래, 너 기억나."

그 수조 옆에는 바다소가 살고 있는 수조가 있었다. 콜럼버스가 살던 시대의 뱃사람들은 바다소를 인어라고 생각했다. 아주 오랫동안 여자를 보지 못하는 뱃사람들이었으니 그럴 만도 했다. 바다소는 엉덩이가 예쁜 바다코끼리처럼 생겼다.

몸길이가 십팔 센티미터는 돼 보이는 거대한 도롱뇽, 헤엄칠 때 꼬리가 가위처럼 열렸다 닫혔다 하는 작은 라스보라. 수족관에서는 모든 것이 괜찮았다. 복어, 엘리게이터 가아, 얼룩뱀장어. 하지만 앤젤린은 곧 떠나야 했다. 늑대고기, 실고기, 가물치, 황새치. 곧 학교가 끝날 시간이었다. 게, 가재, 멸치 그리고 코와 수염이 긴 철갑상어.

코가 톱처럼 생긴 톱상어와 코가 주걱처럼 생긴 주걱철갑상어. 앤젤린은 이곳에서 살고 싶었다. 몸통이 무척 밝아서 다른 수조들과 달리 조명을 밝히지 않은 수조에서 사는 전기어 그리고 스스로 빛을 내서 앞을 볼 수 있는 발광눈금돔도 있었다.

앤젤린은 수족관 밖으로 나왔다. 기분이 좋았다. 모든 것이 여전히 괜찮았다.

앤젤린이 태어나기도 전에 알았던 것처럼 지구는 시속 천육백육십 킬로미터의 속도로 돌고 있었고, 앤젤린도 지구와 함께 돌고 있었다.

# 13
## 난 학교에 안 어울려

"무기를 내려놔, 뱃놈아. 안 그러면 이 여자는 끝장이야!"

뱃사람은 등 뒤로 손이 묶인 채로 널빤지 끝에 서 있는 사랑스러운 여인을 바라보았다. 눈빛만 보아도 그 여인 또한 자기를 사랑하고 있다는 것을 알 수 있었다. 뱃사람은 매서운 눈초리로 애꾸눈 해적을 노려보면서 천천히 칼을 내렸다.

앤젤린은 엄지손가락을 입에 넣으려다 자신의 행동을 깨닫고는 냉큼 엄지를 깨물었다.

'엄지손가락을 안 빨 수만 있다면.'

앤젤린은 잇자국이 났는지 살펴보았다. 그러고는 앞으로 손가락을 빨려고 할 때마다 세게 깨물겠다고 다짐했다. 아프면 아플수록 더 좋았다.

'그러면 손가락 빠는 버릇이 없어질지도 몰라.'

하드리크 선생님이 앤젤린을 집으로 보낸 지 일주일이 지났다. 그사이 앤젤린은 학교에 가지 않았다. 그 대신 매일 8번 버스를 타고 수족관으로 가서, 벤자리, 뜰장어, 인상을 쓰는 큰 물고기들이 있는 둥근 방 등을 구경했다. 앤젤린은 자신이 인상 쓰는 물고기들을 왜 그렇게 좋아하는지 의아했다. 그러면서 그 물고기들이 서커스의 광대들과 비슷한 면이 있다고 생각했다. 활짝 웃는 광대보다 인상 쓰는 광대가 더 웃기는 법이다.

아벨이 집 안으로 들어오며 말했다.

"샤워하기 전에는 아빠 안지 마라."

앤젤린은 아빠한테 수족관에 대해, 하드리크 선생님 교실에서 일어난 일에 대해, 학교에 다시 갈 수 없는 이유에 대해 말하고 싶었다. 일주일 내내, 모든 것을 다 털어놓고 싶었다. 하지만 어떻게 그럴 수 있겠는가? 아빠는 딸에게 거는 기대가 너무나 컸다.

아벨이 파자마와 가운을 입고 나오면서 말했다.

"이제 안아도 된다."

앤젤린은 아빠를 안고 뽀뽀를 했다. 그러고는 재채기를 했다. 샴푸 냄새 때문에 코가 간질간질했다.

아벨은 늘 샤워를 하면서 머리를 감았다. 머리에서 바나나 껍질을 모두 씻어 내야 했기 때문이다. 매일, 하루 종일, 아벨은 머리카락 속에 바나나 껍질이 있는 것 같은 기분을 느꼈다. 차의 백미러로 바나나 껍질이 진짜로 있지 않다는 것을 확인하곤 했지만, 집에 와서 머리를 감기 전까지는 완전히 마음이 놓이지 않았다.

앤젤린은 아빠에게 학교에 대해 말해야 한다는 것을 알고 있었다. 어차피 아빠가 언젠가는 알게 되리라는 것도 알고 있었다.

아벨이 앤젤린에게 물었다.

"무슨 일 있니?"

앤젤린은 아빠를 잠시 쳐다보았지만, 차마 말을 할 수가 없었다. 대신 이렇게 말했다.

"아, 엄지손가락을 다쳤어요."

"어쩌다 다쳤니?"

"제가 깨물었어요."

"저런, 많이 아프니?"

"조금이요. 별로 안 아파요."

"그래, 그렇구나."

아벨은 고개를 저으며 부엌으로 갔다.

"저녁 먹을 때 소금물도 마실래?"

“네, 좋아요.”

전화벨이 울렸다.

“앤젤린, 전화 왔다.”

앤젤린은 거실로 뛰어가 아빠에게서 수화기를 받아들었다.

“여보세요.”

전화기 건너편에서 목소리가 말했다.

“안녕, 나 ‘군’이야.”

개리는 그렇게 말하고는 어색하게 웃었다.

“안녕, 개리.”

“안녕.”

개리가 다시 한번 인사를 했다. 긴장한 듯했다.

“요 며칠 동안 어디에 간 거야? 왜 학교에 안 왔어?”

앤젤린은 요리를 하고 있는 아빠를 보았다. 아빠가 옆에 있
는 한 말을 제대로 할 수 없었다.

“내 양말은 초록색이야.”

개리가 물었다.

“그런데? 초록색 양말을 신으면 학교에 못 오나?”

앤젤린은 다시 아빠를 쳐다보았다. 아빠가 딴 데로 갔으면
싶었다.

“아빠가 여기 계셔. 아빠는 양말을 안 신고 있어. 슬리퍼를

신고 있어."

아벨이 고개를 돌려 앤젤린을 이상하다는 듯이 바라보았다.

개리가 말했다.

"아, 알겠어! 아빠가 거기 계셔서 이야기를 못 한다는 거지?"

"응."

"아빠는 네가 학교에 안 간 것 모르셔?"

"응."

"우아, 대단하네. 음, 그럼 내일 학교에서 만나서 말해 주면 되겠네."

"아마 안 갈걸."

"네가스말라가 있을 거야."

"그게 뭐야? 네가스말라?"

"아니, 난 스말라 아니야."

개리는 그렇게 말하고는 하하 웃었다. 그리고 되물었다.

"넌 스말라니?"

앤젤린은 깔깔 웃었다. 평생 전화로 들은 농담 중 최고로 웃긴 것 같았다.

개리가 말했다.

"그럼 잘 있어."

"안녕."

둘은 전화를 끊었다.

아벨은 더 이상 참을 수가 없었다.

"네가 무슨 색 양말을 신고 있는지가 왜 궁금하대?"

앤젤린은 재빨리 머리를 굴렸다.

"어, 그게, 개리 오빠가 양말을 잃어버렸는데, 파란색이었거든요."

앤젤린은 서둘러 거실로 가서 책을 집어 들었다.

"그럼 걔는 내가 양말을 가져갔다고 생각한 거야?"

아벨은 큰 소리로 물었다. 하지만 앤젤린 귀에는 들리지 않을 정도의 큰 소리였다.


이튿날 개리는 앤젤린이 나타나기만 바라며 할 일 없이 운동장을 걷고 있었다. 개리가 사방치기를 하고 있는 아이들 사이를 뚫고 걸어가자 누군가가 소리쳤다.

"저리 좀 가 줄래, '군'!"

개리가 야구장을 가로질러 가자 또다시 누군가가 소리쳤다.

"야! 야구장에서 꺼져, '군'!"

"'군', 좀 돌아서 가!"

개리는 교실로 갔다.

미스 터본이 말했다.

"안녕, 개리."

"안녕하세요, 미스터 본."

개리는 우물우물 인사를 하고는 물었다.

"앤젤린 보셨어요?"

"아니, 안타깝게도 못 봤구나."

개리는 신발을 벗었다가 다시 신었다.

미스 터본이 개리에게 물었다.

"방금 왜 그런 거니?"

"뭘요?"

"신발을 벗었다가 다시 신은 것."

"제가 또 그랬나요?"

미스 터본은 미소를 짓고는 팔로 개리의 어깨를 감싼 다음 위로의 말을 했다.

"앤젤린은 돌아올 거야."

"그건 모르는 일이에요."

개리는 바닷고기 어항을 바라보았다. 마치 앤젤린에게 무슨 일이 있었는지 어항이 알려 주기라도 할 것처럼 점칠 때 쓰는 수정 구슬을 보듯이 수조를 들여다보았다. 하지만 보이는 것이라고는 물고기들뿐이었고, 물고기들이 뭔가를 알려 주는 것 같지도 않았다.

미스 터본이 말했다.

"아픈가 보네. 학교 끝나고 한번 보러 가지그러니. 앤젤린이 좋아할 텐데."

개리는 앤젤린이 아프지 않다는 것을 알고 있었다. 아픈 것이라면 아빠에게 말 못 할 이유가 없을 테니까.

'그래, 앤젤린은 아프지 않아. 그것보다 훨씬 더 심각한 일이야. 하지만 선생님 말씀처럼 학교 끝난 뒤에 앤젤린 집에 들러 보는 게 좋겠어.'

개리는 전화번호부에서 찾은 주소의 아파트로 가서 건물 현관 계단을 올라가 앤젤린 집 초인종을 눌렀다. 아무도 대답하지 않았다. 앤젤린은 학교에도 없고 집에도 없었다. 개리는 어쩌면 상상했던 것보다 훨씬 더 심각한 일일지도 모른다는 생각이 들었다.

'어쩌면 앤젤린이 시아이에이(CIA, 미국 중앙정보국) 소속일지도 몰라. 그래서 내가 전화했을 때, 아빠 앞에서 아무 말도 못한 거야. 아니, 앤젤린의 아빠가 그 자리에 진짜로 있었는지도 알 수 없어. 그게 거짓말일 수도 있어. 내가 확실히 아는 것은, 어떤 남자가 전화를 받았다는 것, 아니, 남자 목소리를 가진 어떤 사람이 전화를 받았다는 사실뿐이야. 앤젤린은 그냥 여자아이가 아니야. 러시아의 난쟁이 간첩이야! 초록색 양말.

초록색 양말? 그건 무슨 암호일 거야. 앤젤린이 나한테 뭔가를 말하려고 한 거야. 앤젤린은 망명을 하고 싶은 거야. 앤젤린과 앤젤린의 아빠로 위장한 XZ1000 요원이 정부를 무너뜨릴 음모를 꾸미고…….'

"악!"

앤젤린이 개리를 놀라게 하려고 갑자기 소리를 질렀다.

개리는 계단에서 굴렀다.

개리가 말했다.

"콩팥 떨어질 뻔했네."

"하하. 보통 간 떨어질 뻔했다고 말하지 않아?"

"네가 오는 소리 못 들었어. 고양이처럼 조용히 나타나네."

"물고기처럼이지. 들어와서 우리 집 구경할래?"

앤젤린이 건물 현관문을 열었고, 둘은 엘리베이터로 가서 기다렸다.

"엘리베이터도 있네."

"엘리베이터가 있어야 돼. 우리 집은 사 층이거든."

"우리는 일반 주택에 살아서 엘리베이터가 없어."

"집에 뒷마당 있어?"

"응."

"음, 뒷마당이 있으면 엘리베이터는 없어도 돼. 개는 키울 수 있겠네."

"우리는 개도 없고 엘리베이터도 없어."

앤젤린과 개리는 엘리베이터로 사 층까지 갔다. 앤젤린이 자물쇠를 열었고, 둘은 함께 안으로 들어갔다.

앤젤린이 말했다.

"소금물 한 잔 마실래?"

개리는 아파트를 둘러보았다. 개리는 미스터 본의 차에 갔을 때만큼이나 흥분이 되었다.

"혹시 민물도 있니?"

"응, 그것도 있어."

"난 민물 마실게. 우리 아빠 말이, 소금물을 마시면 미친대. 책에서 구명보트를 탄 어떤 사람이 소금물을 마시고는 바다로 뛰어들어 상어한테 먹힌 이야기를 보셨대."

"어떻게 그게 가능해? 물을 마신다고 미치지 않고 소금을 먹는다고 미치지 않는데 어떻게 소금물을 마신다고 미쳐?"

개리는 어깨를 으쓱했다.

앤젤린이 계속 말했다.

"게다가 물고기들은 소금물만 마시는데 미치지 않잖아."

"물고기들이 물을 마시는지 몰랐네."

앤젤린은 부엌으로 가서 물을 두 잔 준비했다. 개리의 잔에는 소금을 넣지 않았다.

앤젤린이 돌아오자 개리가 물었다.

"네 방은 어디야?"

앤젤린이 자랑스럽게 말했다.

"여기야. 여기서 자."

"소파에서?"

"이걸 펼치면 침대가 돼. 내가 잘 때는 침실이 되고, 내가 깨어 있을 때는 거실이 돼."

"나는 그냥 평범한 침실밖에 없어. 우리 부모님도 내가 소파에서 자게 해 주실지 모르겠다."

앤젤린과 개리는 바닥에 앉아 물을 마셨다. 개리는 앤젤린을 다시 보게 되어 기분이 무척 좋았다. 하지만 앤젤린에게 왜 학교에 오지 않았는지 물어보기가 조금 두려웠다. 둘만의 오붓한 시간을 망치고 싶지 않았기 때문이다. 하지만 결국 물었다.

앤젤린은 하드리크 선생님의 편지, 수족관, 네눈나비고기, 뼈만 빼고 완전히 투명한 유리메기 등 모든 것을 말했다.

"학교에는 영영 다시 안 올 거야?"

"못 가. 하드리크 선생님의 편지를 갈기갈기 찢어서 버스 의자 밑에 쑤셔 넣어 버렸거든. 선생님은 편지에 아빠 서명을 받기 전에는 학교에 나올 수 없다고 했어. 이제 편지가 없으니 난

영원히 학교에 못 가."

"미스터 본도 나한테 그런 편지를 써 주시면 좋겠다. 그럼 나도 버스 의자 밑에 쑤셔 넣고는 영원히 학교에 안 가도 될 텐데."

"미스터 본은 절대로 그런 편지 안 쓰실 거야."

"그래, 그럴 것 같네."

"더구나 미스터 본이 담임선생님이었으면 나는 학교를 좋아했을 거야."

"그랬을 것 같다. 하지만 너도 학교에 있을 때가 훨씬 좋았어."

"나는 그냥 학교에 안 어울려. 수족관이랑은 달라. 학교에서는 다들 나를 별종이라고 불러."

"나는 '군'이라고 불러."

"스스로 그렇게 부르는 거잖아."

"아마 나는 평생 멍청이일 거야. 하지만 너는 달라. 언젠가는 다들 너를 별종이라고 부른 것을 후회할 거야. 넌 정말로 훌륭한 사람이 될 거야."

"그건 모르는 일이야."

# 14
## 미스터 본 선생님 반으로 가고 싶어

앤젤린은 쇠돌고래, 돌고래, 바다사자, 물개가 다 함께 노는 모습을 지켜보았다. 앤젤린의 얼굴은 코가 찌그러질 정도로 유리에 딱 붙은 상태였다. 만약 돌고래들이 봤다면 우스꽝스럽다고 생각했겠지만, 녀석들은 눈길도 주지 않았다. 한 번이라도 앤젤린에게 신경을 쓰는 물고기는 한 마리도 없었다.

꼬리가 가위처럼 생긴 라스보라들은 물속을 깔끔하게 가르며 헤엄쳤다. 해마들은 폴짝폴짝 뛰어 굽어진 곳을 돌았다. 쏠배감펭은 고기밥을 허겁지겁 먹었다. 니그로는 은빛 개복치 아래에서 슬그머니 몸을 피해 수조의 반대쪽 끝으로 갔다.

앤젤린은 학교에서처럼 여기에서도 바깥에 있었다. 심지어 물고기들이 자기를 에워싼 채 헤엄치는 둥근 방에서도 앤젤린은 바깥에 있었다. 가운데에 있었지만 바깥에 있었다.

개리는 학교에서 앤젤린을 처음 만난 곳 가까이에 있는 나무 아래에 서 있었다.

개리는 앤젤린을 만나기 전에는 친구가 없었지만 늘 농담을 하면서 잘 지냈다. 아무도 웃지 않았지만 그러면 어떤가? 세상은 돌아가고 있었고, 개리도 함께 돌아가고 있었다. 그런데 이제 앤젤린이 보고 싶었다. 앤젤린이 없으니까, 참 신기하게도 자신의 농담이 더 이상 웃기게 느껴지지 않았다.

개리는 발로 나무를 찼다. 그러고는 나무에게 농담을 던졌지만 나무는 웃지 않았다.

"무의 씨가 다 자라서 뭐라고 했게? 참나무. 참, 나 무."

심지어 나무에 관한 농담인데도 나무는 웃지 않았다.

미스 터본이 말했다.

"나무 잘못이 아니잖니."

개리는 어깨를 으쓱했다.

"앤젤린은 틀림없이 곧 학교에 다시 나올 거야. 앤젤린한테 가 봤니?"

"앤젤린은 영영 돌아오지 않을 거예요."

"어?"

개리는 한숨을 푹 쉬고는 선생님에게 모든 것을 털어놓았다. 앤젤린이 자신에게 화내는 것은 바라지 않았지만, 하드리크 선생님의 편지부터 시작해 날마다 수족관에 가는 것까지 모두 다 말했다.

"그리고 편지를 찢어 버렸으니 영영 돌아오지 못할 거예요."

개리는 그렇게 말을 맺고는 선생님을 슬픈 눈으로 바라보았다.

미스 터본은 아무 말도 하지 않았다. 그저 개리에게 윙크를 했을 뿐이었다.


쓰레기차가 차고로 들어섰다. 아벨은 바나나 껍질이 있는지 확인하려고 정수리 부분의 머리를 넘기며 마지막으로 한 번 백미러를 보았다.

"미스터 본에다 양말에다 네가스말라까지. 진짜라니까, 거스. 점점 더 이상해지고 있어. 집에 가기가 두려울 지경이야."

"네가스말라가 뭐야?"

"나도 도통 모르겠어."

두 사람은 각자의 차로 걸어갔다.

거스가 말했다.

"아, 미안."

거스는 일부러 아벨의 발을 밟으면서 아벨의 머리에 바나나 껍질을 몰래 올려놓았다.

앤젤린은 소금물을 한 잔 만들어 거실로 가져갔다. 애꾸눈 해적은 포로들을 비밀의 만으로 데려간 다음 어떻게 죽여야 좋을지 궁리했다. 지금은 부하들과 함께 럼주와 브랜디를 마시면서 웃고 떠들고 상스러운 노래를 부르고 있었다. 그 덕분에 뱃사람은 손을 묶고 있던 밧줄을 풀었다는 것을 들키지 않을 수 있었다.

아벨이 집 안으로 들어오며 말했다.

"샤워하기 전에는 아빠 안지 마라."

앤젤린은 아빠를 보고는 하하 웃었다.

"머리에서 바나나 껍질 씻어 내는 것 잊지 마세요."

아벨은 깜짝 놀랐다. 앤젤린이 피아노를 쳤을 때나 컴퓨터와 체스를 두어 이겼을 때보다 더 놀랐다. 앤젤린이 바나나 껍질에 대해 알고 있었어! 어떻게 알았지? 어떻게 알 수 있었을까? 아벨은 딸과 무척 가까워진 기분이 들었다. 이런 기분을 느낀 것은 참으로 오랜만이었다.

갑자기 아벨이 정수리를 만졌다. 진짜 바나나 껍질이 있었다! 아벨은 바나나 껍질을 부엌 싱크대 아래에 있는 쓰레기통에 던져 버렸다. 전화가 울렸다. 앤젤린은 아빠가 통화하는 모습을 가만히 지켜보았다.

"여보세요."

"여보세요, 퍼소폴리스 씨?"

여자 목소리였다.

"네, 접니다."

"저는 미스 터본입니다. 앤젤린이 다니는 학교의 선생님입니다."

아벨은 수화기를 떨어뜨리고는 앤젤린을 빤히 보며 속삭였다.

"미스터 본이라고 하시는데."

상상 속에 있던 모든 것이 현실이 되는 것 같았다. 처음에는 바나나 껍질, 이제는 미스터 본. 아벨은 수화기를 주웠다.

앤젤린이 입 모양으로만 혼잣말을 했다.

"이런."

미스 터본이 말했다.

"여보세요, 계세요? 여보세요?"

"여보세요, 죄송합니다. 잠시 연결이 끊어졌네요. 무슨 일로 전화를 주셨죠?"

아벨은 잠시 말을 멈추었다가 말했다.

"……미스터 본."

미스 터본이 말했다.

"앤젤린에 관해서 말씀 드릴 게 있어서 전화 드렸습니다."

아벨은 믿을 수 없다는 듯한 표정을 지으며 거실을 둘러보았다.

"그렇지 않아도 저도 하고 싶은 이야기가 있습니다, 미스터 본."

미스 터본이 말했다.

"잘됐네요. 만나서 이야기하는 게 낫지 않을까 싶네요. 제가 오늘 저녁에 댁을 방문해도 될까요?"

"네, 좋습니다."

아벨은 집으로 오는 길을 일러 주었다.

"좋아요. 그럼 두 시간 뒤쯤 뵈면 될까요?"

"네, 좋습니다."

"안녕히 계세요."

"안녕히 계세요, 미스터 본."

아벨은 전화를 끊고 혼잣말을 했다.

"결국 이렇게 됐어, 아벨. 다 끝났어. 네가 드디어 미쳤구나."

아벨은 샤워를 해서 머리에 묻은 바나나 껍질을 씻어 냈다. 그러고는 큰 소리로 말했다.

"머리에 바나나 껍질이 붙어 있는 것도 이상한 일이 아니지.

머릿속이 온통 바나나로 가득 찼으니."

앤젤린은 아빠가 면도하는 모습을 지켜보았다.

"미스터 본이 우리 집으로 오시는 거예요?"

"그런다고 하셨어."

앤젤린은 아빠가 면도하는 모습을 지켜보는 것을 좋아했다. 뜨거운 물 때문에 김이 서린 화장실에서 아빠가 하얀 비누 거품을 얼굴에서 긁어내는 모습이 신기했다.

"미스터 본 때문에 샤워하시는 거예요?"

"그렇지. 당연히 해야지."

아벨은 얼굴에 면도 후 바르는 로션을 찰싹찰싹 바르고는 앤젤린의 얼굴에도 로션을 발라 주었다.

신이 난 앤젤린이 소리를 빽 질렀다.

"윽, 따끔거려요."

아벨은 미스터 본을 맞이하기 위해 깔끔한 셔츠를 입고 넥타이를 했다.

"아빠 정말 멋져요."

앤젤린과 아벨은 둘 다 무척 설렜다. 아벨은 마음을 가라앉히기 위해 두어 번 숨을 깊이 들이마셨다가 내쉬었다.

"좋아, 마지막으로 물을게. 미스터 본이 누구니?"

"선생님이에요. 개리 오빠네 담임선생님."

"그래, 그렇구나."

앤젤린은 미스터 본을 본 지가 오래되기는 했어도, 선생님이 자기 집에 오는 것이 왜 이렇게 설레는지 그 이유를 알 수 없었다. 틀림없이 혼이 날 테고, 다시 하드리크 선생님 반으로 돌아가는 일밖에 일어나지 않을 텐데 말이다. 그럼에도 불구하고 미스터 본이 자신의 아파트에 온다는 생각에 흥분이 되었다.

아벨 또한 자신이 왜 이렇게 흥분하고 있는지 알 수 없었다. 어쩌면 앤젤린이 무척 흥분하기 때문이었을 수도 있고, 어쩌면 이 신비스러운 사람이 누구인지 드디어 알아낼 수 있게 되었기 때문일 수도 있었다.

'그것도 아니면, 내가 그냥 미친 것일 수도 있고.'

앤젤린과 아벨 둘 다 저녁 먹는 것을 까맣게 잊어버렸다.

초인종이 울렸다. 앤젤린은 미스터 본이 아파트 건물 안으로 들어올 수 있도록 버튼을 눌러 현관문을 열어 주었다. 그런 다음 미스터 본이 승강기에서 내리기를 기다리며 문 앞에 서 있었다.

"이쪽이에요, 미스터 본!"

앤젤린이 큰 소리로 말했다.

"들어오세요."

앤젤린은 미스터 본이 집 안으로 들어간다는 것은 자신이

혼날 것이라는 뜻임을 알았음에도 불구하고, 모습이 하나도
변하지 않은 미스터 본을 보니 매우 기쁘기만 했다.

"우리 아빠예요."

아벨과 미스 터본은 악수를 했다.

"퍼소폴리스 씨."

"미스터 본."

마치 거울에 비친 모습처럼 너무나 차갑고 냉정해서 상상 속
의 사람이나 다름없는 사람들이 있다. 하지만 아벨은 미스 터
본과 악수를 하면서 온기를 느낄 수 있었다. 그리고 대화를 나
누자, 목소리에서도 온기를 느낄 수 있었다.

미스 터본이 말했다.

"멜리사라고 불러 주세요."

아벨은 선생님의 이름이 하워드나 로버트나 프랭크가 아니
라 기뻤다. 멜리사 본, 좋은 이름 같았다. 아벨은 선생님에게
아벨이라고 부르라고 했다.

"저는 앤젤린이라고 불러 주세요."

앤젤린이 그렇게 말하고는 하하 웃었다.

멜리사가 소파에 앉았다.

앤젤린이 말했다.

"그건 제 침대예요. 펼쳐져요."

멜리사는 빙긋이 웃었다.

"아주 편하구나."

아벨이 물었다.

"그런데 음, 미스터……, 멜리사, 무슨 일로 오셨지요?"

넥타이가 목을 조르고 있었다. 아벨은 애초에 넥타이를 한 것을 후회하고 있었다.

미스 터본이 말했다.

"둘이 따로 이야기를 하면 더 좋을 것 같은데요."

앤젤린은 아빠 방으로 가야 했다. 읽을 마음은 전혀 없었지만 책도 함께 가지고 들어갔다. 앤젤린은 가만히 앉아 쫑긋 세운 귀를 문 가까이에 댔다.

멜리사가 말했다.

"어디서부터 이야기해야 할지 모르겠어요. 앤젤린이 지난주에 어디에 있었는지 아버님께 말했나요?"

아벨은 멜리사의 말을 되풀이해 되물었다.

"어디에 있었는데요?"

"앤젤린이 학교에 오지 않았어요."

아벨은 고개를 돌려 방문을 바라보며 말했다.

"저는 모르고 있었습니다."

"앤젤린은 계속 수족관에 갔어요."

앤젤린은 자신이 학교에 가지 않았다는 것을 미스터 본이 당연히 알고 있을 줄 알았다. 하지만 수족관에 갔다는 것은 어떻게 알았는지 이해가 되지 않았다. 그래서 깜짝 놀랐다.

"저는 앤젤린의 담임인 하드리크 선생님한테 들은 것밖에 모릅니다. 그리고 솔직히 말하면 저는 마거릿 하드리크 선생님이 하는 말은 반도 믿지 않아요."

미스 터본은 앤젤린이 쓰레기부장으로서 한 마지막 일과 앤젤린이 엄마의 서명을 받아야 했던 편지에 대해 말했다.

아벨이 말했다.

"앤젤린 엄마는 오 년 전에 세상을 떠났어요."

넥타이 때문에 미칠 지경이었다. 아벨은 목을 이쪽저쪽으로 틀었다.

"죄송합니다. 잠시 넥타이 좀 풀고 와도 될까요?"

"아, 그건 절대로 안 되겠는데요."

"아, 그럼 그냥 있겠습니다."

아벨은 넥타이를 풀지 않았다.

멜리사가 깔깔 웃고는 말했다.

"농담이에요."

아벨은 바보처럼 웃고는 넥타이를 풀어 거실 반대쪽으로 던져 버렸다. 그리고 셔츠 맨 위 단추를 풀고 조금 과장되게 안도의 한숨을 내쉬었다.

"훨씬 좋네요."

멜리사가 말했다.

"저는 남자들이 왜 저런 것을 매는지 이해를 못 하겠어요. 그러면서 여자들한테는 패션의 노예니 뭐니 하죠."

아벨은 선생님이 스스로를 미스터 본이라고 부르는 이유를 알 것 같았다. 여성 해방 운동……. 아벨은 다시 대화 주제에 집중했다.

"저는 그 편지를 보지 못했습니다."

"알아요. 앤젤린이 버스 의자 밑에 쑤셔 넣었거든요."

앤젤린은 문 뒤에서 생각했다.

'세상에나! 미스터 본은 모든 것을 알고 있어!'

"제가 하드리크 선생님에게 그 편지를 대신해서 직접 앤젤린의 어머니께…… 아니, 아버님께 말씀 드리겠다고 했어요."

"네, 고맙습니다. 앤젤린을 따끔하게 혼내겠습니다."

아벨의 말에 멜리사와 앤젤린 둘 다 움찔했다.

멜리사가 말했다.

"제 말을 오해하신 것 같아요, 아벨. 앤젤린은 당신의 딸이에요. 하지만 저는 앤젤린에게 벌을 주라고 하기 위해 여기 온 게 아니에요."

문 뒤에 있는 앤젤린은 이마에 맺힌 땀을 닦고는 속삭였다.

"선생님 파이팅!"

아벨이 말했다.

"말씀하세요. 귀를 쫑긋 세우고 있으니까요."

멜리사가 아벨 말을 듣고 빙그레 웃었다.

"저는 그저 당신이 지금 상황에 대해 알고 있기를 바랐어요."

"음, 저는 지금 상황에 대해 아주 잘 알고 있습니다. 앤젤린은 여러 상황을 만들어 내곤 하죠. 그리고 저는 그 상황들을 하나하나 망쳐 버리죠."

"앤젤린을 봐서는 당신은 아주 잘해 왔던 것 같아요."

"정말로요? 그렇게 생각하세요? 앤젤린이 계속 수족관에 갔는데도요?"

멜리사는 하하 웃고는 말했다.

"마거릿 하드리크 선생님이 제 담임이었으면, 저도 수족관에 갔을 거예요."

아벨은 미소를 지었다.

"정말로요? 좋습니다. 그럼 이제 제가 뭘 해야 할까요?"

"앤젤린을 제 반으로 옮기는 것에 대해 어떻게 생각하세요?"

문 뒤에서 앤젤린은 고개를 세차게 끄덕였다.

"그 반은 오 학년이죠? 그렇죠?"

아벨이 묻자, 멜리사는 그렇다고 대답했다.

아벨이 말했다.

"모르겠어요. 기분 나쁘게 듣지는 마세요. 저는 앤젤린이 뒤로 가는 것은 보고 싶지 않아요. 앤젤린은 잠재력이 엄청나요. 제가 두려움을 느낄 정도로요. 그 아이의 잠재력을 망치는 일은 하고 싶지 않아요. 앤젤린을 한 학년 뒤로 보내기는 정말로 싫어요. 단지 담임이 예쁘⋯⋯."

아벨은 말을 더듬거렸다.

"예쁘고 좋은 사람이라는, 아니, 선생님이라는 이유 때문에."

아벨은 말을 마치고는 미소를 지었다.

"고마워요, 아벨. 저도 당신이 좋은 사람이라고 생각해요."

앤젤린은 활짝 웃고 있었다.

아벨은 숨을 깊게 들이쉬고는 말했다.

"네, 그렇군요. 그럼 내년에는 어떻게 되지요? 다시 하드리크 선생님과 함께 육 학년이 되는 것 아닌가요?"

"앤젤린이 내년에 어디에 있을지는 아무도 모르는 것 아닐까요? 앤젤린은 지금 당장 대학에 가도 될 정도로 똑똑해요. 하지만 감정적 측면에서 봤을 때는 자기 또래의 아이들과 함께 있어야 해요. 그게 문제예요. 앤젤린은 아무 데도 속하지 못하고 있어요."

앤젤린은 그 말에 동의했다. 자신은 늘 바깥에 있었다. 심지어 지금도 문 뒤에 혼자 있었다.

"그런데 왜 하필 오 학년인가요?"

멜리사가 어깨를 살짝 으쓱하고는 말했다.

"왜냐하면 당신이 말한 것처럼……."

미스 터본은 미소를 짓고는 말을 이었다.

"제가 좋은 선생님이기 때문이지요."

"네, 정말로 좋은 선생님이시죠."

두 사람은 앤젤린에게 결정을 맡기기로 했다. 앤젤린이 문 뒤에서 뛰쳐나와 딱 잘라 말했다.

"저는 미스터 본 선생님 반에 가고 싶어요."

아벨이 말했다.

"그래, 그렇구나."

미스 터본은 앤젤린에게 행정 업무가 끝나려면 며칠 더 기다려야 할지도 모른다고 했다. 그리고 그동안은 하드리크 선생님의 반으로 돌아가야 할 것이라고 했다.

앤젤린이 말했다.

"네, 그렇군요."

이때만 해도 앤젤린이 집이나 수족관 또는 하드리크 선생님 교실 말고 다른 곳에서 행정 업무가 끝나기를 기다리는 것이 더 나을 수도 있다는 생각은 누구의 머리에도 떠오르지 않았다.

그리고 하루 이틀이 큰 차이를 낳을 것이라고는 아무도 생각하지 못했다.

# 15
## 미스 터 본과 미스터 본

아벨은 차까지 멜리사를 배웅하겠다고 했다. 멜리사는 그럴 필요 없다고 했지만, 아벨은 한사코 물러서지 않았다.

"이렇게 늦은 밤에 거리가 얼마나 위험한지 아세요?"

두 사람은 엘리베이터를 타고 내려가는 동안 아무 말도 하지 않았다. 아예 서로를 쳐다보지도 않았다. 엘리베이터를 타면 사람들은 대개 그렇기 마련이다. 하지만 일단 상쾌한 밤공기가 있는 곳으로 나오자, 아벨은 마침내 저녁 내내 묻고 싶었던 질문을 했다.

"멜리사, 왜 미스터 본이라는 호칭을 쓰시는 거죠?"

멜리사는 자신이 질문을 제대로 이해한 것인지 알쏭했다.

"학교에서는 학생들이 선생님들 이름을 그냥 부르면 안 되

거든요. 저는 사실 학생들이 그냥 멜리사라고 불러도 괜찮지
만요."

아벨은 자신이 대답을 제대로 이해한 것인지 알쏭했다.

"아니, 왜 미스터를 쓰시냐고요?"

"네?"

"왜 미스터 본이냐고요? 미스 본이 아니라."

"미스 본요? 미스터 본요?"

멜리사는 어리벙벙한 표정을 지으며 아벨을 쳐다보았다.

"미스터 본."

멜리사는 그 말을 한 번 되풀이하더니 갑자기 소리쳤다.

"미스터 본!"

멜리사는 자지러지게 웃었고, 결국 쓰러지지 않으려고 아벨
의 손을 붙잡을 수밖에 없었다.

아벨은 어찌할 바를 몰랐다.

"앤젤린이 저를 미스터 본이라고 불렀어요?"

멜리사는 믿을 수가 없었다.

"네."

아벨은 당황스러웠지만, 이유를 알지 못했다.

"그래서 당신도 저를 미스터 본이라고 부르고요?"

아벨은 어깨를 으쓱하고는 대답했다.

"그렇죠. 그렇게 불렀을 때 선생님이 대꾸하셨잖아요."

멜리사는 다시 깔깔 웃으며 아벨의 어깨에 얼굴을 기댔다.

아벨은 무엇이 그렇게 웃긴지 어리둥절했다.

아주 짧은 순간, 멜리사는 아벨에게 키스를 하고 싶은 마음이 들었다. 하지만 키스 대신에 아벨의 팔을 꽉 쥐며 말했다.

"아벨, 제 이름은 멜리사 터본이에요. 다른 호칭으로는 미스……."

멜리사는 강조하기 위해 잠시 말을 멈추었다가 말했다.

"터본이고요."

이 말을 할 때 멜리사는 턱이 아래로 내려가도록 입을 쩍 벌렸다. 하지만 그렇게 자기 이름을 말하고 더구나 강조하기 위해 잠시 말을 멈추었음에도 불구하고 마치 '미스터 본'이라고 말한 것처럼 들렸다.

멜리사는 다시 말했다.

"있잖아요, 당신 말이 맞아요! 아무리 제대로 말하려고 해도, 여전히 미스터 본이라는 말이 나오네요!"

"그렇죠?"

"처음 알았어요. 이제 다시는 미스 터본이라고 말할 수 없을 것 같아요. 으아악!"

멜리사는 소리를 빽 지르다가 재빨리 한 손으로 입을 막았다.

"제가 방금 전에 말했을 때도 미스터 본으로 들렸지요?"

아벨은 싱긋이 웃으며 고개를 끄덕였다.

멜리사가 말했다.

"맙소사."

두 사람은 '고래를 구하자'는 스티커가 뒤쪽 범퍼에 붙어 있는 노란색 차에 다다랐다.

멜리사가 차에 타고는 말했다.

"음, 만나서 정말 반가웠어요, 아벨."

"만나서 반가웠습니다."

아벨은 미소를 짓고는 한마디를 덧붙였다.

"미스터 본."

멜리사는 아벨에게 윙크를 하고는 차를 출발시켰다.

아벨은 걸어서 아파트로 돌아갔다. 그리고 휘파람을 불면서 생각했다.

'멜리사 터본. 이 이름도 예쁘네.'

아벨은 집으로 들어서자마자 깨달았다. 배가 무척 고프다는 것을! 앤젤린도 마찬가지였다.

# 16
## 오빠가 돌아왔다

햇살이 부서지는 맑고 상쾌한 가을 아침이었다. 대부분의 새들은 이미 겨울을 나기 위해 남쪽으로 갔지만 미처 떠나지 않은 몇몇 새들이 쓰레기차 위에서 지저귀었다. 길을 내달리는 바퀴 아래에서 낙엽들이 탁탁 소리를 내며 부서졌다. 길 양옆에는 빨간색, 황금색, 갈색 나무들과 쓰레기가 미어터질 듯한 은색 광택이 나는 쓰레기통들이 줄지어 서 있었다.

쓰레기차가 멈춰 섰다. 아벨과 거스가 함께 차에서 내려 가장 가까운 쓰레기로 걸어갔다. 아벨은 아침 내내 그랬듯이 카나리아를 잡아먹은 고양이처럼 싱글벙글 웃으면서, 오래된 커피 가루와 딱딱한 달걀 껍데기 냄새와 뒤섞인 상쾌한 낙엽 냄새를 들이마셨다.

"어, 어젯밤에 미스터 본을 만났어."

"그래서?"

아벨은 바보처럼 씩 웃으며 대답했다.

"예쁘시더라."

아벨은 철제 쓰레기통을 들어 트럭 뒤에 부으며 말했다.

"깃털처럼 가볍네."

거스가 아벨을 보고 씩 웃으며 말했다.

"아, 그래?"


앤젤린은 악몽을 꾸다 깬 사람처럼 소파 침대에서 벌떡 일어나 앉았다.

"제가 왜 하드리크 선생님 교실로 다시 가야 하는데요?"

아빠가 이미 일하러 나가고 없다는 것을 알면서도 앤젤린은 큰 소리로 물었다.

"모든 일이 해결될 때까지 이틀 정도 기다렸다가 바로 미스터 본 선생님 교실로 가면 왜 안 되는데요?"

앤젤린은 얼굴을 찡그리고는 다시 중얼거렸다.

"아니, 미스 터본 반으로."

어젯밤에 아빠가 미스터 본의 진짜 이름을 말해 주었다. 아빠는 휘파람을 불며 들어왔고, 휘파람으로 불 수 없는 부분은 콧노래로 흥얼거렸다. 앤젤린은 그렇게 행복해하는 아빠 모습은 난생처음 보았다. 아빠를 보고만 있어도 미소와 웃음이 절로 나올 정도였다. 하지만 아빠가 미스터 본의 진짜 이름을 말했을 때, 미소는 얼굴에서 사라지고 말았다.

"미스…… 터본."

아빠의 설명을 다 듣고 난 뒤 앤젤린은 이렇게 말했다.

"이런, 참 안 좋게 됐네요."

마치 산타클로스 할아버지가 없다는 이야기를 들은 것 같은 반응이었다.

앤젤린은 침대에서 나와 최대한 빨리 학교에 갈 준비를 하려고 애썼지만, 마음대로 되지 않았다. 앤젤린은 이 모든 소동을 일으킨 뒤에 교실로 들어가면 모두들 자기를 빤히 보며 재미있어하리라는 것을 알았다. 그런 마당에 늦게 들어가서 더욱더 주의를 끌고 싶지는 않았다. 그런데 도무지 몸이 빠릿빠릿하게 움직여지지가 않았다. 그래서 하마터면 스쿨버스를 놓칠 뻔했다.

버스가 학교 앞에 섰을 때, 앤젤린은 자리에서 맨 마지막으로 일어났다. 아주 느릿느릿 좌석 사이의 통로를 걸어가 버스 계단을 내려갔다. 앤젤린은 계단 한 단에 두 발을 다 올려놓았다가 다음 단으로 내려갔다. 앤젤린은 주차장을 느릿느릿 걸어 학교 운동장으로 들어섰다.

"더 빨리 걷는 게 좋을 거야. 그래야 내가 안 늦지."

앤젤린은 자기 발에게 그렇게 말했다.

발걸음이 어찌나 느린지 뒤로 걷고 있는 것 같았다. 서둘러 교실로 가는 아이들이 이쪽저쪽에서 앤젤린을 앞질러 갔다. 결국 밖에 앤젤린 혼자 남게 되었다. 그때 종이 울렸다.

"거봐, 이제 난 지각이야."

앤젤린은 교실 문밖에 조금 서 있다가 문을 열었다.

"……수도는…….."

하드리크 선생님이 앤젤린을 보고는 중간에 말을 끊었다. 선생님은 교실 뒤쪽에 있는 자리로 가는 앤젤린을 가만히 지켜보았다. 앤젤린의 예상대로 모두들 앤젤린을 빤히 쳐다보았다.

하드리크 선생님이 말했다.

"늦었구나."

앤젤린은 아무 말도 하지 않았다. 손을 살짝 흔들고 있는 크리스티 매튜슨이 보였다. 앤젤린은 기분이 조금 나아졌다.

"좋아. 네가 또다시 우리 반을 엉망으로 만들지 않고 오늘 하루를 보낼 수 있는지 선생님이 지켜볼 거야. 알았지?"

하드리크 선생님은 그렇게 말하고는 책을 내려다보았다.

"어디까지 했더라? 그렇지. 프랑스의 수도가 어디인지 말해 볼 사람 있나요?"

아무도 손을 들지 않았다. 앤젤린은 답을 알았지만 손을 들 엄두가 나지 않았다.

"아, 여러분."

하드리크 선생님이 재촉했다.

"파리의 수도가 어디…… 아니, 프랑스의 수도가 어디죠?"

여전히 아무도 손을 들지 않았다.

앤젤린은 생각했다.

'맙소사! 선생님이 이미 답을 말했는데!'

마침내 필립이 손을 들었다.

"시카고요?"

"미안하지만, 틀렸어. 하지만 좋은 추측이었어. 시카고는 일리노이 주의 수도야."

일리노이 주의 수도는 스프링필드이지만, 앤젤린은 그것을 하드리크 선생님에게 말할 바보는 아니었다.

주디 마틴이 손을 들었다.

"클리블랜드? 아니 매사추세츠?"

"틀렸어. 하지만 주디, 둘 다 훌륭한 대답이야. 적어도 네가 생각을 하고 있다는 것을 보여 주니까. 클리블랜드는 오하이오 주의 수도이고, 매사추세츠는 주 이름이란다."

오하이오 주의 수도는 콜럼버스다.

마침내 하드리크 선생님은 의기양양하게 프랑스의 수도는 파리라고 답을 말했다.

"잊어버리지 않도록 공책에 적어 놓으세요."

앤젤린은 예전부터 알고 있었던 사실 하나를 새삼 깨달았다. 하드리크 선생님은 학생들이 틀린 답을 말하면 좋아했다. 아이들에게 정답을 알려 주는 것을 좋아했다.

선생님이 다시 물었다.

"런던의 수도는…… 아니, 영국의 수도는 어디죠?"

앤젤린은 생각했다.

'맙소사, 또 답을 말해 버렸잖아.'

앤젤린은 손을 들었다. 앤젤린은 선생님이 자기를 시켜서 틀린 답을 말할 수 있기를 바랐다. 하지만 필립도 손을 들더니 답을 말했다.

"런던이요."

"그래, 맞아."

조금 실망한 목소리였다. 하드리크 선생님은 앤젤린을 시켜야 했다. 앤젤린은 멕시코시티라고 대답할 작정이었다.

그다음부터 앤젤린은 질문이 나올 때마다 손을 들었지만, 선생님은 한사코 앤젤린을 시키지 않았다. 하지만 결국 선생님이 앤젤린을 시킬 수밖에 없는 상황이 벌어졌다.

"미국의 2대 대통령이 누구죠?"

앤젤린의 팔이 로켓처럼 솟구쳤다.

하드리크 선생님은 교실을 둘러보았다. 손을 든 다른 아이가 보이지 않았다. 선생님은 실망한 목소리로 말했다.

"좋아, 앤젤린."

"베스티 로스입니다!"

하드리크 선생님은 빙긋이 웃었다.

"아니야, 미안하구나. 하지만 생각은 잘했어! 네 대답은 정답이지만, 다른 문제의 정답이야. 미국의 2대 대통령은…… 자, 모두 공책에 적으세요. 존 퀸시 애덤스예요."

앤젤린은 존 퀸시 애덤스는 6대 대통령이고 그냥 존 애덤스가 2대 대통령이라는 사실을 알았지만, 공책에 선생님 말대로 적었다. 그러나 바로 앞에 정답이 적혀 있는데도 틀린 답을 말하는 선생님이 도무지 이해가 되지 않았다.

하드리크 선생님은 몇 차례 더 앤젤린을 지목했다

"마크 트웨인의 본명은 뭐죠?"

"클라크 켄트입니다."

"12 곱하기 12는 얼마죠?"

"12입니다."

"아니야, 어떻게 그 답을 구했는지 알겠는데, 오답인 것 같구

나. 하지만 네가 수업에 정신을 집중하고 있다는 것은 보여 줬
어."

"고맙습니다, 선생님."

앤젤린은 이틀만 지나면 이 교실에서 벗어나 하드리크 선생
님한테서 도망칠 수 있다는 것이 기뻤다. 이제야 이 교실에서
버틸 수 있는 법을 깨달았지만, 그렇게 하려니 슬슬 미칠 것
같았다.

새들이 지저귀고 낙엽이 바스락거렸다. 쓰레기차는 끽 소리
를 내며 모퉁이를 돌다가 하마터면 서 있는 차를 들이받을 뻔
했다.

"어이, 속도 좀 줄여."

거스가 계기판이 있는 곳을 손으로 짚으며 말했다.

아벨이 고개를 돌려 멍한 눈으로 거스를 바라보았다.

"미안."

"길 좀 보고 운전해!"

거스는 안전벨트를 맸다. 쓰레기를 수거하기 위해 수시로 차
를 오르내려야 하기 때문에, 평소에는 좀처럼 하지 않는 행동
이었다.

"미안. 정신을 딴 데 팔고 있었어. 뭘 좀 생각하느라……."

"정지!"

거스가 고함을 질렀다.

아벨은 브레이크를 힘껏 밟았다. 트럭이 끽 소리를 내며 섰다. 그 바람에 쓰레기가 날아가 길바닥에 떨어졌다.

거스는 고개를 절레절레 저으며 한숨을 푹 쉬었다.

"하마터면 개를 칠 뻔했어. 개 못 봤어?"

"미안. 멜리사 생각을 하고 있었던 것 같아."

"어이없네!"

거스는 안전벨트를 푼 다음 아벨과 함께 차에서 내려 떨어진 쓰레기를 주웠다. 쓰레기봉투들이 찢어져 쓰레기 대부분이 밖으로 나와 있었기 때문에, 두 사람은 길에 널브러진 쓰레기들을 하나하나 주워야 했다.

아벨이 우유 팩과 빈 캔을 주우며 말했다.

"아름다운 날이야. 그렇지?"

"상쾌하네."

거스는 손이 베일까 봐 깨진 토마토소스 유리병을 조심조심 주우며 대꾸했다. 사실 거스는 아벨이 여자 생각을 하는 것이 기뻤다.

아벨이 물었다.

"내가 멜리사에 대해 말해 줬던가?"

거스는 하하 웃고는 대꾸했다.

"입만 열면 그 여자 이야기잖아."

"어, 나는 그분이 앤젤린에게 좋은 선생님이 될 거라고 생각해. 그뿐이야."

"아, 알아, 알아! 자네는 그저 앤젤린이 좋은 선생님을 만났으면 좋겠다는 생각만 하지, 암!"

"맞아! 왜? 자네 또 무슨 생각을 하는 거야?"

거스는 히죽히죽 웃었다.

"아, 아무것도 생각 안 해."

"뭐야? 내가 그 선생님하고 사랑에 빠지기라도 했다고 생각하는 거야?"

"내가 왜 그런 생각을 하겠어? 자네는 그저 앤젤린을 위해 좋은 선생님을 찾고 있을 뿐인데."

"정말로 그래."

거스가 한마디를 보탰다.

"그리고 예쁜 선생님."

"그래. 아니야. 아, 자네는 이해를 못 해."

거스는 하하 웃었다. 두 사람은 거리에 남아 있는 쓰레기를 마저 줍고는 쓰레기차로 돌아갔다.

거스가 말했다.

"저쪽으로 가. 내가 운전할 테니."

개리 분은 신발을 처량하게 바라보았다. 다시 쉬는 시간이
되었지만 딱히 할 일이 없었다. 이제 미스터 본의 물고기들을
보는 것도 재미가 없었다. 물고기들을 보면 앤젤린이 생각났기
때문이다. 사실, 어떤 것을 보든 앤젤린이 생각났다. 개리는 앤
젤린을 영영 다시 못 볼 것 같은 느낌이 들었다. 개리는 하루
종일 농담을 하나도 하지 않았다.

느닷없이 두 손이 개리의 얼굴을 가렸다.

"누구게?"

익숙한 목소리였다.

추측할 필요도 없었다. 믿기지 않았지만, 누구인지 뻔했다.
개리는 너무나 기뻐 눈물을 흘릴 뻔했다. 개리는 말문이 막혀
잠시 가만히 있다가 이렇게 대답했다.

"짐 나지엄('체육관'이라는 뜻의 gymnasium을 'Jim Nasium'이
라고, 사람 이름처럼 말하는 농담이다.)"

앤젤린은 깔깔 웃었다. 평생 들은 농담 중 최고로 웃긴 것
같았다.

개리는 기쁨이 가득한 얼굴로 뒤를 돌아보았다.

"돌아왔구나!"

"오빠도 돌아왔네!"

"나는 늘 여기에 있었어."

"나한테 돌아왔다고."

앤젤린 말에 개리는 깜짝 놀랐다.

"언제, 뭐라고⋯⋯."

개리는 무슨 말을 해야 할지 몰랐다.

"하드리크 선생님이 뭐라서? 너한테 상처 주셨니?"

"드디어 깨달았어. 모든 질문에 틀린 답을 말하기만 하면
돼. 그럼 모두들 나를 좋아해."

"이런, 나는 늘 틀린 답을 말하는데 아무도 나를 좋아하지
않아."

"내가 좋아하잖아."

개리는 앤젤린을 보며 싱글 웃었다. 개리의 눈가가 촉촉해졌
다. 개리도 앤젤린이 좋았다.

앤젤린이 물었다.

"새로운 농담 없어?"

마침내 개리는 울음을 터뜨렸다.

# 17
# 잠깐만요!

앤젤린이 다시 교실로 들어가려고 하는데, 주디 마틴이 교실
문간에 서 있었다. 주디는 이렇게 놀려 댔다.

"야, 별종, 어디 아프니? 문제를 몇 개나 틀리더라."

앤젤린은 우물우물 대꾸했다.

"모르겠어."

"기분이 어떠냐? 틀린 답을 말한 게 이번이 처음이지? 느낌
이 어때?"

"모르겠어."

앤젤린은 같은 대답만 되풀이했다.

"모른다고! 이제 보니, 너 별로 똑똑하지 않은 것 같다. 그렇
지?"

필립 코빈이 불쑥 끼어들었다.

"야, 주디. 쟤는 거의 너만큼이나 멍청해."

"닥쳐."

크리스티 매튜슨이 다시 한번 앤젤린의 백기사가 되었다.

"앤젤린은 일주일 동안 학교에 안 왔잖아. 따라잡는 데 시간이 조금 걸릴 거야."

크리스티는 앤젤린과 함께 자기 자리로 걸어갔다. 단 둘이만 있게 되자, 크리스티는 이렇게 물었다.

"너, 정답들 알고 있었지? 그렇지?"

"모르겠어."

"답이 틀리다는 것을 알면서 틀린 답을 말하면 안 돼. 그건 거짓말하고 똑같아."

"얘기 그만! 종 울렸다."

하드리크 선생님이었다.

크리스티는 조용히 자기 자리로 갔다.

하드리크 선생님은 역사 교과서를 꺼내라고 했다.

앤젤린은 생각했다.

'크리스티의 말은 틀렸어. 나는 거짓말을 하고 있는 게 아니야. 그렇게 해야 하드리크 선생님이 나를 미워하지 않기 때문에 어쩔 수 없이 틀린 답을 말한 것일 뿐이야.'

정말이지 좋은 작전처럼 보였었다. 그런데 크리스티 말을 듣고 나니 앤젤린은 마음이 편하지 않았다.

하드리크 선생님이 물었다.

"솜을 트는 기계인 조면기를 발명한 사람이 누구일까요?"

앤젤린은 크리스티를 힐끔 보고는 선생님을 똑바로 쳐다보았다. 그리고 손을 들었다.

"그래, 앤젤린?"

앤젤린은 잠시 생각하고는 대답했다.

"짐 나지엄입니다."

세상은 시속 천육백육십 킬로미터로 빙글빙글 돌고 있었고, 앤젤린은 자신도 빙글빙글 돌고 있다고 생각했다. 반대 방향으로.


거스가 물었다.

"그래, 언제 그 여자한테 데이트 신청할 거야?"

아벨은 심장이 턱밑까지 팔딱 뛰는 것을 느꼈다.

"누구?"

"알잖아. 미스터 본."

아벨은 하하 웃었다. 아니 피식 웃었다.

"맙소사. 난 못 해. 그 선생님은 절대로, 그 선생님은…….

아니, 난 못 해."

아벨은 차창 밖을 물끄러미 내다보았다.

거스가 말했다.

"그래, 그렇군."

아벨이 물었다.

"자네 생각에는, 될 것 같아? 내가 할 수 있을까? 아니야. 그분은 앤젤린의 담임선생님이야. 앤젤린의 담임선생님하고 데이트를 할 수는 없어. 안 그래? 안 그래?"

"아직 앤젤린의 담임선생님이 아니잖아. 오늘 저녁에 데이트 신청하면 되지. 지금 전화해 봐."

"지금? 어떻게 지금 만나자고 전화를 해?"

아벨은 미친 사람 보듯이 거스를 쳐다보았다.

"나한테서 쓰레기 냄새가 풀풀 나는데!"

"그래서 전화가 멋진 발명품인 거야. 그분은 자네 냄새를 못 맡아."

"안 돼. 그래도 아이의 선생님하고 데이트할 수는 없어. 아마 법에도 어긋날 거야. 게다가 그분은 오늘 저녁에 데이트 약속이 엄청 많을지도 몰라. 또는 채점하느라 바쁠 수도 있고."

"오늘 저녁에 데이트 약속이 엄청 많다고?"

"알겠어. 근데 앤젤린은 어떡해? 내가 자기 선생님하고 데이트를 한다면 개가 어떻게 생각하겠어?"

"앤젤린은 미스터 본을 좋아하잖아."

"바로 그게 문제야. 그리고 잘 들어. 그분 이름은 미스터 본이 아니라, 멜리사 터본이야."

"그것 참 안됐네."

"앤젤린한테 드디어 좋아하는 선생님이 생겼단 말이야. 나는 그것을 망치는 어떤 일도 하고 싶지 않아. 그건 앤젤린한테 커다란 정신적 충격이 될 테고 깊은 정신적 영향을 끼치게 될 거야."

거스가 트럭을 세웠다.

"뭐 하는 거야? 왜 차를 세워?"

거스는 줄줄이 서 있는 커다란 업소용 쓰레기통을 손으로 가리켰다.

"쓰레기 치워야지, 아벨. 잊어버렸어?"

앤젤린은 개리와 미스 터본 그리고 미스 터본의 물고기들과 함께 점심을 먹었다. 하지만 밥을 먹는 동안 말을 거의 한마디도 하지 않았다. 크리스티의 말과 하드리크 선생님에 대한 생각에 푹 빠져 있었다. 아무리 생각해 보아도, 어느 것 하나 말이 되는 것 같지 않았다.

미스 터본이 물었다.

"그래, 학교에 돌아온 기분이 어떠니?"

앤젤린은 대답을 하지 않았다. 물고기들만 물끄러미 바라보았다. 앤젤린은 수족관으로 돌아가고 싶었다. 아니, 수족관보다 바다에 가면 더 좋을 것 같았다. 앤젤린은 소금물을 홀짝마셨다.

미스 터본이 말했다.

"우리 반은 삼 주 뒤에 수족관으로 현장 학습을 갈 거야."

개리가 말했다.

"저는 잘 모르겠어요. 수족관은 비린내 나는 애들이나 가는 곳 같아서요."

앤젤린은 웃지 않았다. 별로 웃긴 농담 같지 않았다.

누군가가 문을 두드렸고, 개리가 문을 열었다.

"야, '군'."

미스 터본 반 남자아이가 숨을 헐떡거리며 말했다.

"미스 터본 계시니? 아, 저기 계시네. 미스 터본, 교무실에 선생님한테 전화가 왔어요."

미스 터본은 하하 웃었다. 하지만 왜 웃는지 다른 사람들은 알지 못했다. 미스 터본이 웃은 이유는, 남자아이가 '미스 터본'이라고 말했을 때 '미스터 본'으로 들렸기 때문이다.

미스 터본이 교무실에 왔을 때, 교무실은 거의 텅 비어 있었다. 모두 점심을 먹으러 나가고 서무 직원 한 명만 남아 있었다. 미스 터본은 교감실로 들어가서 전화를 받았다.

"미스 터본입니다."

"멜리사?"

"네."

미스 터본은 전화를 건 사람이 누구인지 알 수 없었다.

"안녕하세요, 앤젤린 아빠 아벨 퍼소폴리스입니다."

"아, 안녕하세요, 아벨."

미스 터본은 따뜻하게 대꾸했다.

"지금 막 앤젤린하고 점심을 먹고 있었어요."

아벨은 고개를 끄덕였다.

미스 터본이 물었다.

"앤젤린을 제 반으로 옮기는 것에 대해 마음이 바뀐 건 아니죠?"

"네."

아벨은 주유소에 있는 공중전화로 전화를 하고 있었다. 거스가 트럭을 길 맞은편에 세우고는 미스터 본에게 전화를 할 때까지 차를 움직이지 않겠다고 했기 때문이다.

"어젯밤에는 잘 들어가셨죠?"

아벨은 땀을 흘리고 있었다.

"네. 왜요? 위험한 길이었나요?"

"아, 저도 잘 모르겠어요. 그걸 누가 알겠어요?"

"아무 문제 없었어요."

"어, 그냥 잘 들어가셨는지 전화로 확인해 보는 게 좋을 것 같아서요."

"고마워요, 아벨. 정말 친절하시네요."

"네, 뭐."

아벨은 이제 멜리사에게 작별 인사를 하고 거스에게 가서 미스터 본이 앤젤린에게 미칠 정신적 문제 때문에 데이트를 하고 싶어 하지 않는다고 말해야겠다고 생각했다.

멜리사가 말했다.

"다른 하실 말씀 없으세요?"

아벨은 잠시 가만히 있었다.

"네. 아니오."

아벨은 숨을 깊이 들이마셨다.

"오늘 저녁에 저하고 같이 식사하는 것 어떠세요?"

"오늘 저녁에요?"

"네. 있잖아요, 앤젤린이 선생님 반으로 옮기기 전에 선생님을 만나 뵙고 싶어서요. 아이의 담임선생님과 저녁 식사를 하는 것이 법에 어긋날 수도 있다는 말을 들었거든요."

멜리사는 하하 웃었다.

"오늘 저녁에 같이 식사하는 것 저도 좋아요."

멜리사는 그렇게 말하고는 다음 말을 덧붙여 아벨의 농담에 장단을 맞추었다.

"하지만 우리 둘 다 경찰이 안 오는지 두 눈 크게 뜨고 봐야 할 것 같네요."

멜리사는 아벨의 아파트로 가는 길을 알았기 때문에 자기가 차를 몰고 그쪽으로 가겠다고 했다.

"제가 사는 빌라는 오는 길이 좀 복잡해서요."


아벨은 다시 쓰레기차로 걸어갔다.

거스가 잔뜩 기대하며 물었다.

"그래서?"

"뭐가?"

아벨은 심드렁하게 반응했다.

"아, 좀. 뭐라 그래?"

"누가?"

"장난 그만 치고 어떻게 됐는지 말해 봐."

"장난치는 것 아닌데."

"됐어. 자네는 하나도 안 웃겨. 그러니까 그 선생님이 뭐라고 했는지 빨리 말해 봐."

아벨은 어깨를 으쓱했다.

"오늘 만나기로 했어."

아벨은 별일 아니라는 듯이 무척 태연하게 말했다.

점심시간의 끝을 알리는 종이 울렸다. 미스 터본은 교감실 안을 둘러보았다.

"이게 불법이 아니면 좋겠네."

미스 터본은 큰 소리로 그렇게 말하고는 서둘러 교실로 돌아갔다.

인도를 걸어가던 우편배달부가 고개를 돌려 도로를 내달리는 쓰레기차를 보면서 왜 저렇게 계속 경적을 울리는지 궁금해했다.

하드리크 선생님이 아이들에게 나쁜 소식이 있다고 말했다.

"선생님도 방금 알았어요. 앤젤린이 곧 우리 반을 떠날 거예요."

"아."

아이들은 앤젤린을 떠나보내는 것이 정말로 아쉬운 것처럼 반응했다.

누군가가 물었다.

"이사 가나요?"

주디 마틴이 물었다.

"앤젤린, 어디로 가니?"

하드리크 선생님이 말했다.

"앤젤린은 계속 이 학교에 다닐 거예요. 미스 터본의 오 학년 반으로 갈 거예요."

필립 코빈이 말했다.

"그건 불공평해요. 앤젤린은 육 학년에 있고도 남을 정도로 똑똑해요."

넬슨 포드가 말했다.

"진짜로 그래요."

하드리크 선생님이 말했다.

"선생님도 알아. 더구나 이제 막 앤젤린이 진정으로 발전하는 모습을 보이기 시작했는데 말이야. 세상일이 늘 그렇지, 뭐. 앤젤린, 도대체 뭐가 문제니? 이 반이 마음에 들지 않는 거니?"

앤젤린은 두 눈을 크게 뜨고 선생님을 똑바로 쳐다보았다.

하드리크 선생님이 말했다.

"오 학년이 육 학년보다 더 좋다고 생각하니? 흠, 그렇지 않아. 육 학년이 최고야. 이 학년이 일 학년보다 좋고, 삼 학년이 이 학년보다 좋아. 사 학년이 삼 학년보다 좋고, 오 학년이 사 학년보다 좋아. 그리고 육 학년이 최고로 좋아!"

앤젤린은 놀라서 말문이 막혔다. 이게 무슨 황당한 상황이란 말인가?

하드리크 선생님이 다시 말했다.

"너는 오 학년에 있기에는 너무 똑똑해. 너는 나와 함께 여기에 있는 것이 어울려."

앤젤린은 미심쩍은 눈초리로 선생님을 빤히 쳐다보았다. 벽들이 자기 쪽으로 점점 더 다가오는 것 같은 느낌이었다.

"네가 원한다면, 내가 교장 선생님에게 말해 볼게. 이 반에 계속 남아 있도록 부탁해 볼게."

"아니요."

앤젤린이 속삭이듯이 말했다.

"뭐라고?"

"아니요!"

앤젤린은 소리를 질렀다. 그렇게 크게 소리칠 생각은 아니었다. 앤젤린은 울음을 터뜨렸다.

"잠깐만요."

앤젤린은 자리에서 일어났다.

"잠깐만요, 잠깐만요, 잠깐만요."

앤젤린은 교실 밖으로 뛰쳐나갔다.

앤젤린은 운동장을 가로질러 버스 정류장으로 뛰었다. 심장이 쿵쾅쿵쾅 뛰었다. 앤젤린은 숨을 무척 빠르게 몰아쉬었다. 머리가 핑핑 돌았다. 버스 정류장 앞에서 앤젤린은 발을 구르며 서성거렸다. 다행히 오래 기다릴 필요는 없었다.

버스에 탄 앤젤린은 뒤로 갔다가 다시 앞으로 와서 중간쯤에 앉았다. 그리고 내릴 때 당기는 줄을 끝까지 당기지 않았다. 갈 수 있을 때까지 계속 버스를 타고 갔다. 고등학교를 지나고, 쇼핑몰을 지나고, 기차역을 지나고, 타이어 가게를 지나고, 병원을 지나서 바다까지 갔다.

# 18
## 안녕~

버스가 바다에 다다랐을 때, 승객은 앤젤린뿐이었다. 버스는 미첼해변 맞은편에 있는 거리의 술집 앞에 섰다.

앤젤린은 버스에서 훌쩍 뛰어내려 길 건너편을 바라보았다. 바다는 아직 보이지 않았지만 모래가 보였다. 그리고 바다 냄새가 났다. 바다 냄새가 앤젤린을 감쌌다. 기억하고 있던 것하고 똑같았다.

앤젤린은 무턱대고 거리로 나갔다. 차 한 대가 요란하게 경적을 울리고는 끽 소리를 내며 앤젤린을 겨우 피해 갔다. 차에 치이지 않은 것이 천만다행이었다.

앤젤린은 길을 건너 미첼해변 입구에 있는 모래 언덕 꼭대기로 갔다. 드디어 바다가 보였다. 해변으로 밀려와 부딪히는 녹색과 파란색과 갈색이 뒤섞인 물이 보였다. 물은 눈길이 더 이상 닿지 않을 정도로 먼 곳에서 하늘과 맞닿을 때까지 뻗어 있었다. 머리칼을 헤집고 들어오는 바닷바람이 느껴졌다. 앤젤린은 미소를 지었다. 가을 늦더위에도 불구하고 해변은 미첼 부두에서 홀로 낚시를 하고 있는 어부 한 사람만 보일 뿐, 텅 비어 있었다. 앤젤린은 해변과 부두의 이름에 나오는 미첼이라는 사람이 누구인지 궁금했다. 그리고 홀로 있는 어부가 혹시 그 사람이 아닐까 하고 생각했다.

앤젤린은 목청껏 소리를 지르며 전속력으로 모래 언덕을 내려갔다. 그러고는 평평한 모래밭을 계속 내달리다 결국 넘어졌다. 앤젤린은 하하 웃으면서 일어나 앉아 입에서 모래를 내뱉었다. 그러고는 신발과 양말을 벗어 넘어졌던 자리에 얌전히 두었다.

앤젤린은 아주 천천히 바다를 향해 걸어갔다. 무서워서 천천히 걸은 것이 아니었다. 사실은 정반대였다. 한 걸음 한 걸음 음미하고 싶었기 때문이다. 앤젤린은 하얀 물에 닿기 직전에 멈춰 서서 바지를 무릎까지 올렸다. 살갗이 자릿자릿했다.

부서진 파도가 몰려왔다. 앤젤린은 잽싸게 뒷걸음질을 쳤다. 파도가 물러나자, 앤젤린은 다시 앞으로 나아가 발목을 물에 담갔다.

"으윽!"

앤젤린은 소리를 지르며 물 밖으로 훌쩍 뛰었다. 그러고는 다시 물속으로 걸어갔다. 두 번째는 물이 그리 차게 느껴지지 않았다.

앤젤린은 말아 올린 바지 바로 아래 무릎에 물이 닿을 때까지 계속 걸었다. 그러고는 허리를 굽혀 두 팔을 물에 담갔다. 바닷물을 얼굴에 튀겼다. 그사이 말아 올린 바지가 풀려 물에 잠겼다. 앤젤린은 하하 웃고는 허리를 좀 더 숙여 머리를 물에 적셨다.

파도가 부서지며 앤젤린 쪽으로 몰려왔다. 앤젤린은 있는 힘껏 파도를 피해 도망쳤다. 온몸이 쫄딱 젖는 것은 피했지만, 하얀 물이 조금 튀겼다. 앤젤린은 하하 웃었다. 그러고는 모래 위로 훌쩍 뛰어 데구루루 구르다 벌떡 일어나 앉아 바다를 똑바로 바라보았다. 옷이 온통 물과 소금과 모래에 젖었다. 눈길을 어느 쪽으로 돌리든 바다가 계속, 계속, 계속, 끝없이 이어졌다. 앤젤린은 신발과 양말을 어디에 두고 왔는지 잊어버렸다.

앤젤린은 벌떡 일어나 해변을 따라 부두 쪽으로 걸어갔다. 다리에 쓸리는 바지가 까칠하게 느껴졌다. 입에서는 바닷물 맛이 났다.

부두까지 가기 위해서는 가파른 모래 언덕을 기어오르고 바

위 몇 개를 넘어야 했다. 도로로 걸어갔으면 더 쉽게 갈 수 있었지만 해변을 벗어나고 싶지 않았다. 앤젤린은 드디어 소속감을 느낄 수 있는 곳을 발견했다. 이제 그곳을 떠나고 싶지 않았다.

앤젤린은 나무 난간 사이로 들어가서 부두의 바닥에 올라섰다. 그러고는 부두 끝으로 걸어가면서 바다 공기를 깊이 들이마셨다. 잃어버린 운동화가 아쉬웠다. 부두 위를 조심조심 걸어야만 했다. 또한 죽은 물고기의 썩어 가는 찌꺼기도 신경 써야 했다. 죽은 물고기를 밟고 싶지는 않았다. 그것도 맨발로.

앤젤린은 얼레를 감아 물고기를 잡아 올리려고 애쓰는 어부를 지켜보았다. 어부가 몸을 한껏 뒤로 젖히고 있는 것으로 보아 큰 물고기가 걸린 게 틀림없는 것 같았다. 앤젤린은 좀 더잘 보기 위해 어부 바로 옆에 섰다.

어부는 앤젤린을 잽싸게 힐끔 보았다.

"안녕."

어부의 목소리는 높고 거칠었다. 땀 한 줄기가 축축한 털모자 아래에 있는 지저분한 이마를 타고 흘러내리고 있었다. 어부한테서는 김빠진 술 냄새가 났다. 어부 옆에 위스키 한 병과맥주 캔 여러 개가 널브러져 있었다. 맥주 캔은 가득 찬 것도있고 빈 것도 있었다. 앤젤린은 어부가 술에 취했을 것이라고생각했다.

어부는 두 손으로 낚싯대를 붙잡고 끙끙댔다. 울퉁불퉁한 근육이 보였다. 그런데 낚싯줄이 갑자기 아주 쉽게 감겼다. 결국 물고기가 포기한 모양이었다.

앤젤린이 소리쳤다.

"장화를 낚으셨네요!"

해초로 뒤덮인 장화 한 짝이 낚싯대 끝에 대롱대롱 매달려 있었다.

어부는 웃었다. 웃음소리도 높고 거칠었다.

"나한테 딱 맞겠는걸."

어부는 위스키 병을 들어 한 모금 마셨다.

"나머지 한 짝도 낚을 수 있을 거야. 너 혹시 미끼로 쓸 양말 있니?"

"양말을 잃어버렸어요."

앤젤린은 어부가 농담을 하고 있다는 것을 알았지만 있는 사실대로 말했다.

"그리고 신발도요. 아저씨가 제 신발도 낚을 수 있을지 모르겠네요."

앤젤린은 웃었다.

어부는 앤젤린의 맨발을 보았다.

"발이 참 작구나. 이 신발은 다시 던져 버려야 할 것 같다."

어부는 맥주를 한참 들이켜고는 트림을 했다.

"아저씨 이름이 어떻게 되세요?"

어부는 씩 웃었다. 앤젤린이 이름을 물어봐 준 게 무척 반가운 듯한 표정이었다.

"아, 내 이름이 말이야, 진짜 멋져."

어부는 의기양양하게 말했다. 말투만 보면, 마치 이름이 그가 가지고 있는 것 중 최고로 좋은 것, 아니 유일하게 좋은 것 같았다.

"쿨 브리저(Cool Breezer: 우리말로는 '시원한 바람' 정도의 뜻이다.)"

"쿨 브리저."

앤젤린은 어부의 이름을 되풀이하고는 말했다.

"이름이 멋지네요."

어부는 그 이름을 갖게 된 사연을 말했다. 고등학생이었을 때 어부는 뒷부분이 없는 차를 가지고 있었다. 뒤 창문도, 뒷자리도, 트렁크도 없는 차였다.

"차 안으로 시원한 바람이 엄청 들어왔지."

그래서 어부와 어부의 차 둘 다 '쿨 브리저'라고 불리게 되었다. 만약 누가 "쿨 브리저가 어디 있지?"라고 말하면 어부를 말하는 것인지 그의 차를 말하는 것인지 헷갈렸다. 심지어 어부 자신이 "쿨 브리저가 어디 있지?"라고 말한 경우도 있었는데, 그때도 여전히 차를 말하는 것인지, 아니면 자기 자신을 말하는 것인지 알 수 없었다.

어부는 고개를 뒤로 젖혀 남은 맥주를 목 안으로 퍼부었다. 맥주 일부가 셔츠로 흘러내렸다. 어부는 또 트림을 했다.

"네 이름은 뭐니?"

앤젤린은 자기 맨발을 내려다보았다. 그러고는 딱 부러지는 말투로 말했다.

"쿨 피트(Cool Feet: '시원한 발'이라는 뜻)예요!"

쿨 브리저는 하하 웃었다. 그러고는 지저분한 털모자를 무척 신사다운 자태로 한쪽으로 살짝 기울이고는 말했다.

"피트 양."

어부는 앤젤린의 발이 이제까지 본 발 중에서 가장 예쁘다고 생각했다.

앤젤린은 모자가 있다고 상상하면서 모자를 살짝 기울이는 시늉을 했다.

"브리저 씨."

두 사람은 함께 깔깔 웃었다.

앤젤린이 말했다.

"우리 아빠는 쓰레기차를 몰아요."

"농담이겠지."

쿨 브리저는 하하 웃었다. 하지만 갑자기 무척 슬프고 마음속이 텅 빈 것 같은 느낌이 들었다. 쓰레기차를 모는 쿨 피트의 아버지 피트 씨가 부러웠기 때문이다. 쿨 피트는 아버지가 영웅인 것처럼 말했다. 쿨 브리저는 문득 자기한테도 이런 딸이 있었으면 하는 생각이 들었다. 이 아이 같은 딸이, 발이 예쁜 딸이, 아빠를 자랑스러워하는 딸이 있었으면 하고 바랐다. 그는 평생 영웅이 되고 싶어 했다.

"내가 지금 뭐 하나? 쿨 브리저는 어디에 있지?"

쿨 브리저는 그렇게 중얼거렸다.

앤젤린이 물었다.

"왜 부두 옆쪽에서 낚시를 하세요? 끝에서 하지 않고요."

"그건 말이야……."

쿨 브리저는 자신이 대답할 수 있는 질문을 받아서 기분이 좋았다.

"부두 끝에서 낚시를 하면 조류가 낚싯줄을 부두 아래로 끌고 가기 때문이란다. 그럼 좋지 않거든. 부두 옆쪽에서는 조류가 낚싯줄을 부두에서 멀어지는 쪽으로 끌고 가."

"아, 그렇군요. 어, 저는 부두 끝까지 한번 가 볼게요."

앤젤린은 두어 발짝 걷다가 고개를 돌리고는 말했다.

"안녕히 계세요, 쿨 브리저 아저씨."

쿨 브리저는 모자를 옆으로 살짝 기울였다.

"그래, 쿨 피트."

앤젤린은 물고기 머리나 낚싯바늘을 밟지 않으려고 조심하면서 부두 끝까지 걸어갔다. 가시나 깨진 유리 조각 같은 것에도 찔리지 않으려고 신경을 썼다.

앤젤린은 부두 끝에 앉아 밖으로 다리를 쭉 뻗었다. 대롱거리는 다리 아래로 보이는 바다까지는 거리가 오륙 미터쯤 되었다. 어느 쪽으로 눈길을 돌리든 바다가 끝없이 이어졌다.

세상에는 수백 만 종류의 물고기가 있으며, 그중 수천 종류는 아무도 들어 본 적이 없는 물고기들이다. 깊은 바닷속에는 광대한 대지를 뒤덮고 있는 뜰장어들이 있다. 바닷속에는 또 동굴과 산과 계곡들이 있으며, 그것들 대부분이 아직까지도 비밀로 남아 있다.

바다는 인간의 발길과 손길이 닿지 않은 거대한 미스터리다. 문어, 상어, 박쥐가오리, 해마, 벤자리, 긴코가시고기, 개불- 바다는 지구 표면의 삼 분의 일 이상을 차지하고 있다. 거대한 고래 떼가 사람들 눈에 띄지 않으며 돌고래와 에인절피시와 거피와 클라운피시와 장화와 운동화 들 사이를 요리조리 헤엄치고 다닌다.

앤젤린은 두 손으로 부두를 붙잡고는 머리를 나무 난간 아래로 집어넣었다. 문피시, 아귀, 발광눈금돔, 창꼬치. 앤젤린은 몇 차례 숨을 깊이 들이마셨다. 쑤기미, 바닷가재, 주걱철갑상어, 유리메기. 앤젤린의 근육이 팽팽해졌다. 살벤자리, 라스보라. 앤젤린 아래에서 물이 출렁거렸다.

수면을 때린 후 앤젤린은 계속 아래로 떨어졌다. 아래로 내려가면서 공중제비를 돌았다. 머리, 발, 손목 등 몸 부위들이 제각각 공중제비를 도는 것 같았다. 앤젤린은 계속, 계속 가라앉았다.

얼마나 깊이 떨어졌는지 알 수 없었지만, 숨이 찼다. 공기를 마시려면 서둘러 수면으로 올라가야 했다. 물에 세게 부딪혔던 탓에 몸 구석구석에서 끔찍한 통증이 느껴졌다. 앤젤린은 머리를 위로 내밀기 위해 미친 듯이 몸부림을 쳤다. 주변의 물이 소용돌이를 일으켰고, 물보라가 부두 기둥들에 튀었다. 앤젤린은 숨을 쉴 수 있을 만큼 오래 떠 있기 위해 팔다리를 마구 움직였지만, 다시 몸이 아래로 끌어당겨지는 것이 느껴졌다.

눈이 따가웠고, 코와 목도 마찬가지였다. 그런데 놀랍게도 귀만 빼고는 차가움이 느껴지지 않았다. 귀는 얼음처럼 차가웠다. 너무나 차가워 금방이라도 산산이 부서질 것만 같았다.

앤젤린은 다시 한번 숨을 쉬기 위해 얼굴을 수면 위로 내밀었다. 팔과 다리의 힘이 빠지기 시작했다. 계속 물을 먹었다. 숨을 쉬고 싶었지만, 공기를 들이마시기 전에 먼저 기침을 해서 폐에 있는 물을 내뱉어야 했다. 하지만 기침을 하면 더 많은 물을 먹게 되었다. 끝내 공기를 마시지 못할 것만 같았다. 공기를 한 번만 마시면 모든 것이 괜찮아질 것 같은데…….

앤젤린은 아래로 내려갔다. 필사적으로 몸부림을 쳐 위로 올라갔다. 기침을 했다. 기침 사이사이 공기를 조금 들이마셨다. 그리고 다시 아래로 내려갔다. 머리가 빙빙 돌았다. 코가 따가웠고 귀가 얼어붙었다. 앤젤린은 입을 물 위로 내밀기 위해 허우적거렸다. 숨을 쉬어 보려고 애썼지만 입안 가득 물만 들어왔다. 최대한 많이 물을 내뱉었다. 눈이 불이 난 것처럼 화끈거렸다. 앤젤린은 아래로, 아래로 내려갔다.

복어, 쏠배감펭, 괴도라치…….

# 19
## 앤젤린을 찾는 유일한 방법

"샤워하기 전에는 아빠 안지 마라."

아벨은 곧장 화장실로 갔다.

"앤-젤-리니!"

아벨은 기분 좋게 딸을 불렀다.

아벨은 한편으로는 설레는 마음으로 다른 한편으로는 초조한 마음으로 미스 터본과의 만남을 기대하고 있었다. 마치 첫 데이트에 나가는 십 대 소년 같은 기분이었다. 아벨은 샤워기를 틀어 머리에서 바나나 껍질을 씻어 내면서 너무나 설렌 나머지 노래 비슷한 것을 부르기까지 했다.

"오, 나는 내 여자를 만나러 시내로 갔지.

폴리 울리 두들 온종일 노래를 하네.

우리는 오붓한 시간을 가졌지. 어떻게?

폴리 울리 두들 온종일 노래를 하네."

아벨은 즉석에서 노랫말을 지어냈다.

"그녀의 이름은 멜-리-사.

하지만 사람들은 미스터라고 부르네.

폴리 울리 두들 온종일 노래를 하네."

음도 엉망이었다.

"그대여 안녕,

안녕,

쓰레기차여, 안녕.

오, 나는 수-이-지-애-나를 보러

루-이-지-애-나로 가네.

폴리 울리 두들 온종일 노래를 하네."

하지만 아벨은 행복했다.

아벨은 노래를 멈추고 얼굴에 샤워 물을 뿌렸다. 오 년이 넘었다. 니나가 죽은 지, 아내가 미첼해변에서 익사한 지 오 년이 넘었다.

"충분히 긴 시간이야!"

아벨은 그렇게 마음먹었다. 이제 인생의 재미를 좀 누리기 시작할 때가 되었다.

'그 해변에도 다시 가 봐야겠어. 앤젤린을 데려가야지.'

아벨은 그렇게 생각했다.

"아, 나한테는 야옹야옹 우는 개가 있네.

폴리 울리 두들 온종일 노래를 하네.

그러니 이제 멍멍 짖는 고양이를 키워야겠어.

폴리 울리 두들 온종일 노래를 하네."

아벨은 발과 발가락 사이를 씻었다. 귀 뒤도 네 번이나 씻었다. 무릎 뒤도 씻었다. 이렇게 기분 좋게 씻은 때가 언제인지 기억도 나지 않았다.

"그대여 안녕,

안녕,

안녕, 나의 진정한 사라아아아아앙

오, 나는 머릿속에 바나나를 가득 채운 채

루-이-지-애-나로 가네.

폴리 울리 두들 온종일 노래를 하네."

아벨은 뜨거운 물을 잠그고 찬물만 틀어 놓았다. 그리고 최대한 버틸 수 있을 때까지 찬물을 맞고 나서 샤워기 밖으로 나와 열정적으로 머리를 말렸다.

"앤젤리니!"

아벨은 다시 딸을 큰 소리로 불렀다.

"있잖아, 오늘 저녁에 거스 아저씨가 올 거야. 너하고 저녁을 먹을 거야. 너하고 거스 아저씨 단둘이, 앤젤리니! 아빠가 어디에 갈 건지 궁금하지 않니? 앤젤리니? 앤젤루니?"

아벨은 얼굴에 면도 크림을 잔뜩 발랐다.

"아빠가 데이트 약속이 있어!"

아벨은 딸의 반응을 기다렸다.

"데이트 약속이 있다고, 앤젤루니!"

아벨은 너무 흥분한 나머지 면도칼로 얼굴을 벴다.

아벨은 옷을 입기 위해 자기 방으로 갔다.

"누구하고 데이트할 건지 궁금하니? 오늘 밤에 아빠가 누구하고 데이트할 건지 아마 넌 짐작도 못 할 거야!"

아벨은 거실로 걸어 나갔다.

"한번 알아맞혀 볼래?"

앤젤린은 거실에도 부엌에도 보이지 않았다.

"어디 있니, 앤젤루니?"

아벨은 침대 밑이며 벽장 속이며 사람들이 평소 잘 숨는 곳들을 모두 찾아보았다. 하지만 앤젤린의 경우 평소에 잘 숨는 곳 같은 것은 없다는 사실을 아벨은 잘 알고 있었다.

아벨은 다시 큰 소리로 외쳤다.

"이럴 시간 없어! 데이트 약속이 있어!"

아벨은 뉴스를 발표하기로 결정했다. 그렇게 하면 딸이 모습을 드러낼 것이 확실했다.

"미스터 본하고!"

아벨은 기다렸다. 여전히 아무 반응도 없었다. 아벨은 딸이 숨바꼭질을 잘한다는 것을 알고 있었다. 아벨은 문득 함께 숨바꼭질을 한 지가 무척 오래되었다는 사실을 깨달았다. 왜 그렇게 오래 숨바꼭질을 하지 않았는지 의아할 정도였다.

"앤젤루니, 아빠가 미스터 본하고 데이트를 하기로 했어!"

아벨은 앤젤린을 찾아 아파트 구석구석을 뒤졌다. 작은 아파트였지만, 앤젤린은 늘 아빠가 생각도 하지 못한 새로운 장소를 찾아 숨곤 했다. 한번은 앤젤린이 냉장고 위에 훤히 보이게 앉아 있었는데, 아벨은 냉장고 속 물건들의 뒤와 아래를 보느라 정신이 팔려서 앤젤린을 보지 못한 적도 있었다. 만약 겨자 단지를 들여다보고 있을 때 앤젤린이 웃지 않았다면 끝내 찾지 못했을 것이다.

초인종이 울렸다. 아벨은 앤젤린인가 하고 생각했다. 버튼을 눌러 건물 현관문을 열고는 기다렸다. 거스였다.

거스가 물었다.

"앤젤린은 어디 있어?"

"모르겠어."

"집에 없어?"

"숨어 있어. 앤젤리니, 거스 아저씨 왔다."

"그럼 내가 찾아볼게. 마침 나는 세계에서 제일 뛰어난 숨바꼭질 술래거든. 조심해라, 앤젤리니! 내가 너를 잡을 테니!"

"모든 곳을 두 번씩 찾아봐야 할 거야. 앤젤린은 자네를 지켜보며 자네가 어느 한 곳을 뒤질 때까지 기다렸다가 바로 그곳에 숨으니까."

아벨은 몸을 숙여 소파 아래를 살펴보았다.

거스가 말했다.

"소파 아래는 좁아서 들어갈 수조차 없어."

"그건 모르지. 앤젤린이 들어갈 수 없는 곳은 없어."

거스가 아파트를 뒤지는 동안 아벨은 소파에 앉아 재미있는 이야기를 했다.

"어느 날 길에서 사자와 거북이가 마주쳤어. 심심한 사자가 거북이에게 시비를 거니까 거북이도 지지 않고 사자 약을 살살 올렸어."

거스가 물었다.

"뭐 하는 거야? 앤젤린 찾는 것 안 도와주고?"

아벨은 설명을 했다.

"그런 식으로는 절대로 못 찾아. 개를 찾는 유일한 방법은 우스개 애기를 하는 거야."

"앤젤린이 자네 말을 듣고 있다는 건 어떻게 알아?"

"아, 틀림없이 아주 가까이에 있을 거야. 자네보다는 내가 앤젤린을 잘 알지. 걔는 아마 지금 미친 듯이 웃기 직전일걸."

아벨은 우스개를 계속했다.

"화가 치민 사자가 금방이라도 덮칠 기세로 말했어. '거북이 너 등에 멘 가방 벗어!' 그러자 거북이도 질세라 한마디 했어. 뭐라고 말했을까?"

"뭐라고 했는데?"

거스가 물었다.

아벨은 다시 큰 소리로 말했다.

"거북이가 뭐라고 했을 것 같니, 앤젤루니?"

아벨과 거스는 기다렸다.

"야, 사자 넌 목도리나 풀어!"

결국 아벨이 답을 말했다.

그러고는 다시 기다렸다. 하지만 앤젤린의 웃음소리는 들리지 않았다.

거스가 말했다.

"꽤 웃긴 우스개네. 그나저나 보기가 참 좋네. 자네가 농담을 하고 딸과 함께 놀고 딸을 앤젤루니라고 부르는 모습이 말이야. 자네가 이러는 모습은 처음 봐."

아벨은 잠시 생각해 보고는 말했다.

"자네 말이 맞아. 나도 미처 깨닫지 못했던 사실이야."

"그리고 자네는 오늘 밤에 데이트 약속도 있지. 바로 그것 때문일 거야. 틀림없어. 이제 알겠지? 내가 늘 자네한테 말하고 싶었던 게 바로 이거라니까."

아벨은 미소를 지으며 말했다.

"그래."

아벨은 거스가 옳았다는 것을 깨달았다. 참으로 오랜만에 아벨은 딸과 이야기를 나눌 수 있을 것 같은 기분이었다. 이제 앤젤린이 두렵지도 않았고, 걱정되지도 않았다.

# 20

## "네, 제가 걔 아버지입니다."

멜리사가 왔을 때, 아벨과 거스는 소금물을 한 잔씩 마시고 있었다.

"앤젤린이 그 습관을 어떻게 갖게 되었는지 이제야 알 것 같네요."

멜리사의 말에 아벨이 억울하다는 듯이 대꾸했다.

"아니에요. 정말로 저는 지금 처음으로 소금물을 마시는 거예요. 우리는 그냥 앤젤린이 왜 그렇게 소금물을 좋아하는지 알아보고 싶었을 뿐이에요."

"그래서요?"

아벨은 하하 웃고는 대답했다.

"진짜 끔찍한데요."

"저는 거스라고 합니다."

거스가 손을 내밀며 말했다.

"미스터 본이시죠?"

멜리사는 거스와 악수를 했다.

"멜리사예요. 앤젤린은 어디 있죠?"

아벨과 거스는 서로의 얼굴을 쳐다보았다.

아벨이 말했다.

"숨어 있어요."

멜리사가 말했다.

"오늘 밤에 우리 둘이 나간다고 앤젤린이 화내지 않았으면 좋겠는데요."

"안 그럴 거예요."

"아빠한테 이야기를 듣고 앤젤린이 뭐라고 하던가요?"

"아무 말도 안 했어요. 그러니까 제 말은, 앤젤린을 아직 못 찾았거든요. 제가 집에 왔을 때 이미 숨어 있었어요."

"앤젤린을 마지막으로 본 게 언제죠?"

"제가 집에 왔을 때 여기에 있었어요. 바닥에 누워 책을 읽고 있었어요."

"다행이네요. 하드리크 선생님 반에서 무슨 일이 있었던 것 같던데."

아벨이 우물우물 말했다.

"집에 있었던 것 같은데…… 음……, 앤젤린은 숨는 데 귀신이에요. 집 안 어딘가에 있을 거예요."

이제 아벨의 목소리는 확신에 차 있지 않았다.

멜리사가 물었다.

"수족관에 알아보셨어요?"

아벨은 곧바로 수족관에 전화를 했다.

"앤젤린 퍼소폴리스입니다. 여덟 살이고 머리는 까맣고 눈은 초록색입니다."

아벨은 전화를 끊고는 거스와 멜리사에게 말했다.

"누군지는 아는데 오늘은 못 봤다고 하네요."

멜리사가 아벨을 안심시켰다.

"앤젤린은 괜찮을 거예요."

아벨은 걱정하지 않았지만, 말은 그렇게 나오지 않았다. 마치 다른 사람이, 여덟 살이고 머리가 까맣고 눈이 초록색인 사람이 말하듯이 말했다.

"그건 모르는 일이죠."

"개리!"

거스가 뭔가 깨달은 듯이 이름을 말했다.

"앤젤린이 개리라는 친구가 있다고 말했어. 걔한테 전화해 보지그래."

"전화번호를 몰라. 성도 모르고."

멜리사가 말했다.

"성이 분이에요. 개리는 제가 아는 애예요. 개리 분."

멜리사가 말을 마치고는 미소를 짓자 거스가 하하 웃으며 말
했다.

"미스터 분이네요."

아벨은 전화번호부를 뒤졌다.

"성이 분인 사람이 두 쪽 넘게 있어요. 일일이 전화해 볼 수
도 없는 노릇이고."

멜리사가 말했다.

"잠깐만요. 개 부모님을 만난 적이 있어요. 그분들 이름이
뭐더라? 아⋯⋯."

멜리사는 두 손을 양쪽 귀에 대고는 머리를 마구 흔들었다.
그 모습이 꼭 머리 모양의 껌 자판기에서 껌이 나오듯이 이름
들을 나오게 하려고 애쓰는 것 같았다.

"아무래도 미스터 분인 사람들한테 일일이 전화해 봐야 할
것 같은데!"

거스가 그렇게 말하고는 하하 웃었다. 아벨과 멜리사는 거
스가 왜 웃는지 이해할 수 없었다. 하지만 거스는 앤젤린한테

이름이 미스터 본과 미스터 분인 친구가 둘 있다는 사실이 무척 재미있었다.

멜리사가 머리를 쾅 쳤다. 이름 하나가 나왔다.

"스펜서."

이어 이름 하나를 또 말했다.

"프렌티스. 스펜서 분하고 프렌티스 분. 전화번호를 찾아서 주세요. 제가 전화해 볼게요."

개리가 전화를 받았다.

"안녕, 개리. 나는……."

멜리사는 잠시 말을 멈추었다.

"…… 미스터 본이야."

멜리사는 개리에게 상황을 설명하고는 앤젤린을 보거나 어디에 있는지 아느냐고 물었다. 개리는 모른다고 대답했다. 그러고는 물었다.

"수족관에 알아보셨어요?"

"거기에도 안 왔대."

개리는 선생님에게 앤젤린의 아파트에서 무엇을 하고 있느냐고 물었다. 선생님은 앤젤린의 아버지와 저녁을 먹을 계획이라고 대답했다.

개리가 물었다.

"앤젤린이랑 앤젤린 아빠랑요?"

"아니, 그냥 앤젤린 아빠하고만."

"그럼 뭐, 데이트 같은 거예요?"

"그런 셈이야."

"앤젤린 아빠하고 데이트를 하신다고요!"

"진정하렴."

"앤젤린도 알아요?"

"글쎄, 모르겠다."

멜리사는 전화를 끊고는 아벨과 거스에게 말했다.

"얘가 이쪽으로 오겠대요. 앤젤린 찾는 걸 도와주겠다고."

그것은 그저 한 가지 이유일 뿐이었다. 개리가 앤젤린 집으로 오는 또 한 가지 이유는, 미스터 본이 데이트를 할 때는 어떤 모습인지 보고 싶었기 때문이다. 또한 앤젤린이 자기 아빠가 미스터 본과 데이트한다는 것을 알게 될 때 그 자리에 있고 싶기도 했다. 그리고 가능하다면 그 사실을 자기가 앤젤린에게 알려 주고 싶었다.

개리가 도착한 후, 네 사람은 다 함께 아파트를 뒤졌다.

거스가 말했다.

"너는 침대 옆을 찾아보렴, 미스터 분. 나는 이쪽을 찾아볼 테니. 그렇게 하면 앤젤린이 이쪽저쪽으로 왔다 갔다 하며 숨을 수 없을 거야."

개리가 웃으면서 대답했다.

"좋아요, 거스 아저씨."

아벨은 수색을 아주 체계적으로 하고 싶었다. 그래서 앤젤린이 빙빙 돌면서 사람들을 따돌리지 못하도록 하기 위해 우선 화장실 문을 잠갔다.

개리가 말했다.

"오늘 밤에 아주 예쁘시네요, 미스터 본."

"고맙다, 개리."

"데이트하실 때는 늘 이렇게 예쁘세요?"

"그만해라, 개리."

개리가 이번에는 앤젤린 아빠에게 물었다.

"우리 선생님 참 예쁘시죠?"

아벨은 얼굴이 빨개졌다. 다행히 아벨이 입을 떼려는 순간 전화벨이 울렸다. 전화벨이 기가 막힌 타이밍에 울려서, 다들 웃었다.

아벨이 전화를 받았다.

"네, 제가 걔 아버지입니다. 네, 네."

멜리사는 아벨의 얼굴이 서서히 창백해지는 것을 지켜보았다. 아벨의 몸 전체가 떨리기 시작했다. 그 모습을 보고 있자니 눈물이 나려고 했다.

아벨은 수화기를 떨어뜨렸다. 수화기가 코드에 매달린 채 대롱거렸다. 아벨은 느릿느릿 거실을 가로질러 걸어갔다. 아벨의 얼굴이 바르르 떨리고 있었다.

개리도 울음이 나올 것 같았다. 여기에 아예 오지 말걸, 하는 생각이 들었다. 개리는 미스터 본의 손을 잡았다.

아벨이 입을 열었지만, 겨우 한마디밖에 내뱉지 못했다.

"미첼해변."

아벨은 눈물을 삼키려고 애쓰고 있었다.

# 21
## 돌아온 앤젤린

개리는 미스터 본의 손을 꼭 잡았다. 앤젤린의 아빠가 뭐라고 더 말하기를 기다렸지만, 그 말을 듣고 싶지는 않았다.

아벨의 얼굴에는 이제 눈물이 줄줄 흐르고 있었다.

"병원."

아벨은 그렇게 속삭였다.

멜리사가 여전히 개리의 손을 잡은 채로 말했다.

"가요. 제가 운전할게요."

네 사람은 엘리베이터를 타고 내려가 차에 탔다. 멜리사와 아벨은 앞에 타고 개리와 거스는 뒤에 탔다. '고래를 구하자'라는 글귀가 있는 스티커가 범퍼에 붙어 있었다.

아벨이 말했다.

"미첼 부두에서 떨어졌대요."

아벨은 창밖에 보이는 껌 광고판을 물끄러미 바라보았다. 마치 단맛이 제일 많이 나는 껌이 어떤 껌인지 갑자기 관심이라도 생긴 듯이.

개리는 함께 가게 돼서 기뻤다. 만약 어느 한 사람이라도 생각할 겨를이 있었다면, 자기를 데려가지 않았을 것이라고 생각했다. 비상 상황이 생기면 보통 아이들을 데려가지 않는다. 아마 개리는 집으로 가야 했을 것이다. 개리는 지금 같은 상황에서 뭔가에 기뻐하는 자신이 한심하게 느껴졌다. 개리는 이런 상황에서-개리는 이때 문득 깨달았다-앤젤린이 죽을지도 모르는 상황에서는 어떤 것에 대해서도 기뻐하면 안 된다고 생각했다.

개리는 다른 것을 생각하려고 애썼다. 아니, 아예 아무것도 생각하지 않으려고 애썼다. 하지만 아주 많은 것을 생각하고 있는 자신에 놀랐다. 머리가 일 분에 일 킬로미터는 달리는 것 같았다. 평소에는 이렇게 생각을 많이 하는 개리가 아니었다.

개리는 미스터 본과 거스 아저씨도 자기처럼 생각을 많이 하고 있는지, 아니면 멍청이라서 자기만 그러고 있는 것인지가 궁금했다.

앤젤린의 아빠가 무슨 생각을 하고 있는지는 궁금하지 않았다. 그것에 대해서는 아예 생각하기도 싫었다.

병원에 도착한 네 사람은 대기실에서 기다리라는 말을 들었다. 대기실에는 먼저 온 남자 한 명이 있었다. 보호자가 아니라 환자 같았다. 병원 환자복을 입고 있었다. 개리는 그 사람이 누구인지 궁금했다.

개리는 갑자기 농담이 생각났다.

'번개에 맞아 사망하여 응급실에 실려 온 남자가 있었다. 그는 왜 웃는 모습으로 죽었을까? 하늘에서 번개가 번쩍 하는 것을 사진 찍는 줄 알고 웃는 표정을 지었기 때문이다.'

개리는 이런 생각을 하는 자신이 미웠다.

'어떻게 지금 농담이나 생각하고 있을 수가 있어?'

"개리."

미스 터본이 개리에게 화장지를 내밀었다.

개리는 화장지를 받아들었다. 개리는 자신이 울고 있다는 것도 모르고 있었다.

'앤젤린은 이게 재미있는 농담이라고 생각할 거야.'

환자복을 입은 남자는 부들부들 떨고 있었다.

이윽고 의사가 걸어 들어왔다.

"앤젤린의 부모님이신가요?"

아벨이 말했다.

"제가 걔 아비입니다."

의사가 한숨을 쉬고는 말했다.

"앤젤린이 물속에 오랫동안 있었던 것 같습니다. 하지만 저기……."

의사는 환자복 입은 남자를 향해 손짓을 했다.

"저기……."

의사는 다시 그 남자를 가리켰다.

남자가 부들부들 떨며 높고 거친 목소리로 말했다.

"쿨 브리저."

의사가 말했다.

"하지만 쿨 브리저 씨께서 앤젤린을 물 밖으로 꺼내 주셨습니다."

모두들 고개를 돌려 쿨 브리저를 보았다. 쿨 브리저는 눈길을 딴 곳으로 돌렸다.

"병원에 왔을 때 앤젤린의 폐에는 바닷물이 가득 차 있었습니다. 우리는 할 수 있는 모든 것을 했습니다. 이제부터는 앤젤린한테 달렸습니다."

멜리사가 한 팔로 아벨의 어깨를 감쌌다.

"앤젤린은 해낼 거예요. 틀림없이 해낼 거예요."

거스가 말했다.

"앤젤린은 강해."

의사가 말했다.

"이제 앤젤린을 보실 수 있도록 해 드리겠습니다. 그 전에 드릴 말씀이 있는데요, 앤젤린은 지금 보지도 듣지도 못합니다. 앤젤린이 어떤 종류든 긍정적인 반응을 보이려면 최소한 스물네 시간은 기다려야 할 거예요."

"그다음에는 얘가……."

아벨이 질문을 끝맺기 전에 의사가 말했다.

"뇌에 오랜 시간 산소가 공급되지 않았습니다. 어떻게 될지는 아무도 모릅니다."

의사는 다섯 사람을 복도로 안내했다. 그리고 양쪽으로 여닫는 문을 여러 개 지나갔다.

"어떻게 될지는 아무도 모릅니다."

아벨은 의사가 한 말을 되풀이했다.

의사는 일행을 앤젤린이 있는 방으로 안내한 다음 나갔다. 앤젤린은 아무것도 덮지 않은 채로 침대에 누워 있었다. 쿨 브리저가 입고 있는 것과 똑같은 환자복을 입고 있었다. 머리 위에는 병이 몇 개 걸려 있었고, 병에서 나온 관들이 팔과 목에 꽂혀 있었다.

간호사 한 명이 앤젤린 옆에 앉아 있었다. 간호사는 아벨이 가까이 올 수 있도록 일어나서 옆으로 비켜 주었다.

아벨은 말없이 딸을 바라보았다. 한참이 지난 뒤에야 입을 뗐다.

"미첼해변."

아벨은 고개를 돌려 물었다.

"얘가 미첼해변에서 뭘 하고 있었을까요?"

쿨 브리저가 말없이 어깨만 으쓱했다.

아벨은 이렇게 중얼거렸다.

"니나. 얘 엄마가 미첼해변에서 익사했어요. 저는 그 뒤로 그곳에 한 번도 가지 않았죠."

아벨은 눈길을 다시 앤젤린에게 돌렸다.

"거기에서 뭘 하고 있었니, 천사의 얼굴아?"

아벨은 자신도 모르게 갑자기 딸을 '천사의 얼굴'이라고 불렀다. 그렇게 불렀던 적은 한 번도 없었다. 하지만 니나가 예전에 그렇게 부르곤 했다.

개리는 앤젤린이 왜 바닷가로 갔는지 이해할 수 있었지만, 그것을 말로 설명할 수가 없었다.

"미스터 본, 화장지 한 장 더 주시겠어요?"

선생님은 개리에게 화장지를 주었다.

거스가 말했다.

"쿨 브리저 씨? 어떻게······?"

쿨 브리저는 격렬하게 몸을 떨면서 불쑥 말했다.

"저한테도 화장지 한 장 주시겠어요, 미스터 본?"

쿨 브리저는 미스터 본이라는 이름이 이상하다고 생각하는 것 같지 않았다.

쿨 브리저는 화장지를 받아 코를 풀었다. 그러고는 무슨 일이 있었는지 말했다.

"저는 미첼 부두에서 낚시를 하고 있었어요. 쿨 피트가, 아니, 앤젤린이 저에게 다가왔어요. 우리는 이야기를 나누고······."

"무슨 얘기를 하던가요? 무슨 얘기를 했는지 기억나십니까?"

아벨이 물었다.

쿨 브리저는 잠시 생각해 보고는 대답했다.

"아빠가 쓰레기차를 운전한다고 했어요."


쿨 브리저는 장화를 낚은 뒤 낚싯바늘에 다시 미끼를 끼웠다. 그리고 낚싯줄을 다시 물에 드리우고는 앉아서 새로 맥주 캔을 하나 땄다. 그러고는 콧노래를 부르며 쿨 피트를 찾으려고 주위를 둘러보았다. 그러다 벌떡 일어났다. 쿨 피트가 보이지 않기 때문이다.

쿨 브리저는 맥주 캔을 던져 버리고 부두 끝으로 뛰어갔다.

난간 너머를 살펴보니, 아래에 물에 휩쓸린 쿨 피트가 보였다. 다음 순간, 그는 물속에 있었다.

쿨 브리저는 물속에 들어간 다음에야 신발을 벗었다. 그러고는 쿨 피트를 쫓아 헤엄쳐 가서 셔츠를 간신히 잡았다. 한 팔을 쿨 피트의 허리에 두르고는 해변으로 데리고 가려고 안간힘을 썼다. 조류는 두 사람을 바깥으로 끌어당기고 있었지만 파도는 두 사람을 해변 쪽으로 밀고 있었다. 쿨 브리저는 물속으로 휩쓸리는 와중에도 죽을힘을 다해 쿨 피트의 머리를 물 밖으로 나와 있게 했다.

마침내 발가락이 땅에 닿았다. 하지만 더 이상 앞으로 나아갈 수가 없었다. 그때 거대한 파도가 두 사람을 덮쳤다. 두 사람은 흰 파도와 함께 해변으로 쓸려 갔다.

쿨 브리저는 쿨 피트를 모래밭으로 데려갔다. 쿨 피트의 얼굴은 모래로 뒤덮여 있었고, 입안에는 바닷물이 가득했다. 쿨 브리저는 인공호흡을 시도했다. 하지만 쿨 피트는 아무 반응이 없었다. 쿨 브리저는 쿨 피트를 안고 젖은 양말을 신은 채로 해변을 가로질러 길 맞은편에 있는 술집으로 뛰어갔다.

계산대 뒤에 있는 남자가 말했다.

"잘 지내나, 쿨 브리저? 꼴을 보니 맥주가 좀 필요한 것 같은데. 그나저나 그 꼬맹이 친구는 누구야?"

"구급차를 불러 줘."

쿨 브리저는 그렇게 말하고는 꽈당 쓰러졌다.


해변에서 있었던 일을 모두 이야기하고 난 뒤 쿨 브리저가 말했다.

"미안합니다."

멜리사가 손을 저었다.

"미안해할 것 하나 없어요. 당신이 그 아이의 목숨을 구했어요. 당신은 영웅이에요."

쿨 브리저는 늘 영웅이 되고 싶었다. 그는 자신이 한 일을 생각해 보았다. 영웅이 했음 직한 일을 한 것 같았다. 하지만 누워 있는 앤젤린을 보니 영웅이 된 것 같은 기분이 싹 가셨다.

"미안합니다."

쿨 브리저는 그렇게 말하고는 환자복 아래로 나와 있는 발을 보았다. 그 발은 여전히 그가 평생 본 발 중 가장 예쁜 발이었다.

"쿨 피트."

쿨 브리저는 슬픈 목소리로 이름을 불렀다.

아벨이 허리를 숙여 앤젤린의 볼에 입을 맞추고는 속삭였다.

"언젠가는 앤젤린……."

멜리사가 아벨의 손을 잡았다.

아벨이 멜리사에게 말했다.

"저 아이는 내가 사는 이유예요. 내가 사랑하는 모든 것이에요. 나는 늘 내가 저 아이를 망치게 될까 봐 두려웠어요. 이런, 아벨, 결국 넌 그렇게 하고 말았어."

멜리사가 울면서 말했다.

"아니에요. 당신 잘못이 아니에요. 그렇게 생각하면 안 돼요."

거스와 개리가 앤젤린에게 다가갔다. 거스는 앤젤린의 볼에 뽀뽀를 했다.

"앤젤리니."

거스 역시 울고 있었다.

개리도 앤젤린에게 뽀뽀를 했다. 개리는 모든 튜브를 떼어 내 버리고 싶었다. 개리 눈에는 튜브들이 앤젤린에게 생명을 불어넣는 것이 아니라 생명을 빨아들이고 있는 것처럼 보였다. 개리는 이렇게 속삭였다.

"새로운 농담을 들었어. 너도 들어 볼래, 앤젤린? 왜 코끼리는 여행 갈 때 여행 가방이 필요 없을까?"

"왜 그런데?"

앤젤린이 속삭였다.

개리의 입이 쩍 벌어졌다. 말문이 턱 막혔다. 할 수 있는 것이라고는 요란스레 손가락으로 가리키는 것뿐이었다.

앤젤린이 다시 물었다.

"포기야. 왜 그런데?"

'왜 오빠가 답을 알려 주지 않을까?'

개리는 그저 가만히 서서 멍청이 같은 표정만 짓고 있었다. 앤젤린은 자신이 있는 곳이 어디인지 헤아려 보려고 방 안을 둘러보았지만, 모든 것이 너무도 혼란스러웠다. 모든 것이 말이 되지 않았다.

'왜 쿨 브리저 아저씨는 폴짝폴짝 뛰면서 탄성과 함성을 지르고 있는 것일까? 그리고 왜 저렇게 우스꽝스러운 옷을 입었을까? 털모자는 어떻게 했지? 왜 내 발에 입을 맞추지? 어, 이제 반대쪽 발에 입을 맞추네!'

앤젤린은 까르르 웃으며 말했다.

"그만해요! 도대체 무슨 일이에요?"

'그런데 흰색 옷을 입고 다가오면서 '의사 선생님! 의사 선생님!' 하고 외치는 저 여자는 누구일까?'

앤젤린이 물었다.

"코끼리는 왜 여행 가방이 필요 없어?"

'왜 아무도 답을 말해 주지 않는 것일까?'

흰색 옷을 입은 여자가 어깨를 으쓱하고는 말했다.

"여행을 아예 하지 않기 때문에? 옷이 하나도 없기 때문에?
의사 선생님!"

그건 하나도 웃기지 않는데, 하고 앤젤린은 생각했다.

"그건 농담이 아니잖아요!"

앤젤린은 그렇게 소리쳤다.

'왜 다들 웃고 있는 것일까? 하나도 재미가 없는데……'

앤젤린은 아빠와 거스와 미스터 본을 보았다.

'사람들이 지금 웃고 있는 것일까, 울고 있는 것일까?'

앤젤린은 슬슬 화가 났다.

앤젤린은 다시 물었다.

"도대체 무슨 일이에요?"

앤젤린이 화를 내면 낼수록, 소리를 지르면 지를수록 다들
더 정신 나간 사람들처럼 행동했다.

'몸에 꽂혀 있는 튜브들은 뭘까? 왜 거스 아저씨가 오빠를 목
말 태우고 돌아다니는 거지?'

앤젤린은 빽 소리를 질렀다.

"다들 미쳤어요?"

'도대체 무슨 일인지 아무도 말해 주지 않을 참인가?'

"쿨 브리저 아저씨?"

앤젤린이 사정하듯 이름을 불렀지만, 쿨 브리저는 그저 소리

만 **빽빽** 지를 따름이었다. 그리고 개리는 아예 아무 말도 하지
못하고 있었다.

"의사 선생님!"

흰 옷을 입은 여자가 소리쳤다.

'왜 의사를 찾는 것일까? 저 여자는 아프다고 하기에는 너무
행복해 보이는데.'

그리고 정말로 말이 안 되는 일이 있었다.

'왜 아빠와 미스터 본이 키스를 하고 있지?'

# 22
## 그건 모르는 일이야




비밀의 만에 있는 높은 벼랑 위에서 지친 뱃사람과 애꾸눈 해적이 목숨을 건 결투를 벌였다. 나무에 묶인 아름다운 여인은 술에 취한 선원들이 깰까 봐 아무 소리도 내지 않았다. 뱃사람이 해적의 사악한 심장에 칼을 꽂았다. 해적은 찌를 듯이 칼을 든 채 벼랑 끝에서 비틀거리다 아래로 떨어졌다. 자신의 바다 무덤으로.

소방차처럼 깨끗하고 반짝반짝 빛나는 쓰레기차가 아파트 건물 앞에 섰다. 거스는 차에서 내려 엘리베이터를 타고 사 층으로 올라갔다.

아벨이 화장실 안을 향해 소리쳤다.

"앤젤린, 빨리 가자. 거스 아저씨 왔어."

앤젤린이 말했다.

"잠깐만요."

아벨과 거스는 서로를 보며 바보스럽게 씩 웃고는 앤젤린을 기다렸다.

뱃사람은 잠든 해적들 사이를 살금살금 걸어가서 아름다운 여인을 묶고 있는 밧줄을 풀었다. 그리고 처음으로 여인의 달콤한 입술에 키스를 했다. 두 사람은 황금과 보석들을 챙겨 배를 타고 샌프란시스코로 향했다. 그곳에서 두 사람은 오래오래 행복하게 살았다.

앤젤린이 제일 예쁜 드레스를 입고 화장실에서 나왔다.

"가요."

거스가 말했다.

"우아, 예쁘다."

아벨과 거스는 엘리베이터를 타고 내려갔고, 앤젤린은 계단을 뛰어 내려갔다. 앤젤린은 숨이 턱에 찼지만 0.5초 차이로 먼저 일 층에 내려왔다. 하지만 몇 시간은 기다린 것 같은 시늉을 했다. 있지도 않은 손목시계를 톡톡 치며 이렇게 말했다.

"흠, 시간이 없어요. 왜 이렇게 오래 걸렸죠?"

거스가 말했다.

"잠깐 들러서 햄버거하고 감자튀김을 좀 먹고 오느라고."

앤젤린은 하하 웃고는 밖으로 뛰어나갔다. 트럭이 보였다. 엄청 큰 트럭이었다. 거대한 덮개가 있었고, 바퀴가 거의 앤젤린만 했다. 앤젤린은 뒤에 있는 이상하게 생긴 기계 장치를 꼼꼼히 살펴보았다. 뚜껑 없는 컨테이너처럼 생긴 그것은 쓰레기를 담는 적재함이었다. 거기에 쓰레기를 모은 다음 트럭 안에서 레버를 당기면 적재함이 트럭 위로 올라간다. 그다음 버튼을 누르면 거꾸로 뒤집어지면서 쓰레기를 쏟아 낸다.

거스가 차 문을 열고, 앤젤린은 트럭에 올라탔다. 아벨이 운전을 하고 앤젤린은 아빠와 거스 사이에 앉았다. 아빠가 엔진 회전 속도를 올리자 앤젤린은 좋아하며 웃었다. 거스가 앤젤린 앞으로 손을 뻗어 경적을 빵빵 울렸다. 차가 출발했다.

앤젤린은 전에 몇 번이나 다녀 본 길을 지나면서 건물들과 주차장들과 주유소들을 보았다. 그런데 쓰레기차 안에서 보니, 모든 것이 특별해 보였다. 마치 마법이 일어난 것 같았다.

"어디부터 갈 거예요?"

앤젤린이 묻자, 거스가 대답했다.

"미스터 분하고 미스터 본부터 태워야지."

앤젤린은 하하 웃었다. 앤젤린은 이 농담은 처음 들었다. 지금까지 거스가 한 농담 중 최고로 웃긴 것 같았다. 토마토 농담하고는 비교가 안 될 정도로 웃겼다.

차는 먼저 미스터 본을 태우기 위해 미스터 본의 빌라로 갔다. 멜리사는 밖에 서서 기다리고 있다가 트럭이 오는 것을 보고는 막 손을 흔들었다. 앤젤린과 달리, 멜리사는 허름한 옷을 입고 있었다. 조각들을 덧댄 찢어진 청바지를 입고 손에는 소풍 바구니를 들고 있었다.

아벨이 트럭에서 내려 소풍 바구니를 받아들었다.

"안녕, 거스, 앤젤린."

멜리사는 거스와 앤젤린에게 인사를 하고는 재빨리 아벨에게 키스를 했다. 그런 다음 차에 탔다.

멜리사는 앤젤린이 앉아 있던 가운데 자리에 앉았고, 앤젤린은 거스의 무릎 위에 앉았다. 아벨이 소풍 바구니를 멜리사에게 건넸다. 앤젤린이 자기 주변을 손으로 가리키며 말했다.

"이게 적재함을 작동시키는 레버예요. 그리고 이것, 여기 이것은 적재함을 비울 때 써요. 쓰레기 하치장 같은 곳에서요."

앤젤린은 고개를 아빠에게 돌리고는 말했다.

"하치장에 갈 거예요? 거기에도 갈 수 있죠? 제발요, 제발."

아벨은 고개를 가로저었다.

"미안하지만, 차에 쓰레기가 하나도 없구나. 쓰레기가 없으면 하치장에 들어갈 수가 없어."

"아뿔싸! 집에서 쓰레기를 좀 가져올걸. 어쩌면 개리 오빠네 쓰레기가 좀 있을지도 몰라요."

차가 개리의 집 앞에 섰다. 앤젤린이 차에서 내려 개리에게 달려갔다. 둘은 함께 트럭으로 뛰어왔다.

아벨은 다섯 명이 탈 가장 좋은 자리 배치에 대해 궁리하고 있었다.

앤젤린이 제안을 했다.

"개리 오빠하고 저는 적재함에 앉아도 돼요."

개리가 말했다.

"그거 재미있겠다."

거스가 말했다.

"나도 애들하고 함께 거기에 앉을게. 우리를 거꾸로 뒤집어서 버리면 안 돼."

거스와 개리와 앤젤린은 커다란 적재함 안으로 올라갔다. 아벨이 적재함을 천천히 공중으로 올렸다.

"우아."

개리와 앤젤린이 입을 모아 외쳤다. 사방이 훤히 잘 보였다.

쓰레기차는 주로 목요일에 다니는 경로를 따라 움직였지만, 아벨은 다른 요일의 경로들에서 볼 만한 장소 몇 곳을 추가했다. 그래서 볼링장 거리, 커다란 도넛 간판, 경찰서, 시청, 미니 골프 코스 등을 지나갔다. 쓰레기차의 목요일 고객들은 어떻게 됐을까? 오늘은 그냥 운이 나쁜 날이 될 수밖에 없었다.

앤젤린이 씩씩거리며 주먹으로 자기 다리를 때렸다.

거스가 물었다.

"앤젤린, 왜 그래?"

"개리 오빠한테 쓰레기가 있는지 물어보는 것을 깜빡했어요."

거스는 하하 웃었다.

"이제 쓰레기 하치장에 못 가잖아요."

앤젤린이 투덜거리자 개리가 대꾸했다.

"아, 아쉽네. 우리 집에 쓰레기 잔뜩 있는데."

개리는 키득키득 웃고는 거스를 흉내 내서 앤젤린의 이름을 말했다.

"앤젤리니."

차는 자동차 대리점과 세차장과 라비올리(고기, 치즈 등으로 속을 채운 작은 사각형의 파스타) 공장을 지나갔다.

앤젤린이 손으로 가리키며 말했다.

"보세요. 라비올리 공장이에요! 저기에서 쓰레기가 잔뜩 나오지 않나요?"

거스가 빙그레 웃으며 말했다.

"아, 그래. 우리의 최고 고객 중 하나지."

개리가 말했다.

"미스터 본도 계셔서 깜짝 놀랐어요. 우리 부모님이 학교를 빠지고 여기에 가라고 허락한 것도 신기했는데, 세상에나 선생님까지 오시다니! 한번 상상해 보세요. 학교를 빠지고 쓰레기차를 타고 있는 선생님이라니."

"흠, 내 생각이 궁금하니?"

거스가 음흉하게 묻고는 내처 말했다.

"내 생각에는 말이야, 앤젤린의 아빠와 미스터 본이 사랑에 빠진 것 같구나."

개리와 앤젤린은 키득키득 웃었다. 거스도 키득거렸다.

쓰레기차는 멕시코 식당과 페인트 가게를 지나갔다.

앤젤린이 개리에게 말했다.

"오빠는 좋은 구경 놓쳤어. 우리가 미스터 본을 태우러 갔을 때, 선생님이 우리 아빠한테 키스했어. 입술에!"

개리가 말했다.

"나는 두 분이 병원에서 키스하는 것 봤어. 생각 안 나?"

"그렇구나."

거스가 앤젤린에게 물었다.

"개리가 병원에서 너한테 뽀뽀했다고 내가 말했던가? 네가 의식이 없었을 때 말이야."

"그럼요!"

개리는 발뺌을 했다.

"내가 언제 뽀뽀를 했다고 그래?"

쓰레기차는 라디오 방송국과 거의 허물어질 것 같은 건물을 지나갔다.

개리가 말했다.

"너네 아빠하고 미스터 본이 결혼할지도 몰라. 그럼 미스터 본이 네 엄마가 되는 거야. 담임선생님일 뿐만 아니라."

앤젤린은 기뻐하며 웃고는 개리에게 이렇게 말했다.

"그리고 만약 우리가 결혼을 하면, 선생님은 오빠 장모님이 되는 거야!"

쓰레기차는 스웨터를 사면 어울리는 양말을 공짜로 주는 가게 앞을 지나갔다.

개리가 말했다.

"앤젤린, 너는 커서 세계적으로 유명한 해양학자가 될 거야."

"아니면 청소부. 그리고 오빠는 세계적으로 유명한 코미디언이 될 거야."

"아니면 청소부."

잠시 뒤, 너무나 놀랍게도, 트럭은 하치장으로 향하고 있었다.

개리가 말했다.

"이야, 우리가 말한 일들이 모두 정말로 일어난다면 대단하겠다. 그렇지? 언젠가는, 앤젤린."

앤젤린은 쓰레기 하치장을 물끄러미 보았다. 그리고 눈을 반짝이며 이렇게 말했다.

"그건 모르는 일이야."

쓰레기차 뒤에는 스티커가 한 장 붙어 있었다.

'고래를 구하자!'

한 여자아이가 있다. 이 아이가 세상에 태어나 처음으로 한 말은 '문어'였다. 문어를 본 적도 없고, 심지어 부모님이 문어라는 말을 한 적도 없는데 말이다. 아이는 마치 세상에 태어나기 전부터 문어에 대해 알고 있었던 것처럼 보였다. 아이는 또 다음 날 날씨를 늘 귀신같이 알아맞힌다. 그 밖에도 어른들이 깜짝깜짝 놀랄 정도로 전혀 기대하지 않은 많은 것들을 알고 있다. 그래서 여덟 살인데 초등학교 육 학년에 다니고 있다. 학교에서는 다른 육 학년 아이들뿐만 아니라 선생님보다도 아는 것이 많을 정도로 똑똑하지만 아직도 걸핏하면 엄지손가락을 빠는 행동을 하기도 한다.

이 아이가 바로 이 책의 주인공 앤젤린이다. 태어나기 전부터 많은 것을 알고 있는 것처럼 보이는 앤젤린을 사람들은 '천재'라고 부른다. 배운 적도 없는 것 같은데 엄청나게 많은 것을 알고, 하나만 들어도 관련된 내용들이 한꺼번에 머릿속에 쫙 펼쳐진다면 얼마나 좋을까? 부모님은 얼마나 좋아할까? 자식이 천재라면 어디서든 자랑하고 싶지 않을까? 주변에 앤젤린과 같은 친구가 있다면 어떨까? 친한 친구가 되고 싶지 않을까?

하지만 앤젤린이 겪는 현실은 그런 모습이 아니다. 사람들은 '쟤는 천재니까!'라고 쉽게 말할 뿐, 누구도 앤젤린을 제대로 이해하려고 노력하지 않는다. 앤젤린의 아버지는 딸을 사랑하면서도 천재 딸을 어떻게 대해야 할지 부담스러워하고 앤젤린의 고민을 제대로 이해하지 못한다. 담임선생님은 심지어 앤젤린을 머리가 둘 달린 염소 같은 괴물로 여기면서 눈엣가시로 생각한다. 반 아이들도 앤젤린하고 어울리고 싶어 하지 않는다.

사람들은 흔히 자기들과 다른 사람들에 대해 불편하고 너그럽지 않을 때가 많다. 못마땅하게 여기거나 시샘하거나 편견을 보이기 일쑤다. 너무 마르거나 뚱뚱한 사람들, 너무 키가 크거나 작은 사람들, 너무 가난하거나 부자인 사람들처럼 뭔가 보통에서 벗어난 사람들에 대해 우리는 터무니없는 편견과 선입견을 가지기 쉽다. 이 이야기는 머리가 너무 좋은 사람들의 경우도 그와 별반 다르지 않다는 것을 보여 준다.

보통에서 벗어난 듯한 사람들은 주목받는 것을 부담스러워하고 자신이 보통 사람들과 다르지 않다는 걸 보여 주어 다른 사람들과 친해지려고 갖은 노력을 한다. 앤젤린도 마찬가지다. 그래서 아버지가 사다 준 심각하기만 한 책들을 재미있게 읽는 척하고, 학교에서는 일부러 틀린 답을 말하기도 한다.

과연 이런 앤젤린의 노력이 효과를 발휘할까? 사람들은 '천재'라는 이름으로 앤젤린을 쉽게 판단해 버리는 것을 넘어, 어린 나이에 엄마를 잃은 앤젤린의 슬픔과 다른 사람들과 편하고 자유롭게 어울리고 싶어 하는 앤젤린의 바람을 제대로 이해하게 될까?

이 책을 쓴 루이스 새커(Louis Sachar)는 미국 청소년·어린이 문학계에서 가장 인기 있는 작가 가운데 한 사람이다. 《구덩이(Holes)》로 1999년에 뉴베리 상을 받았다. 새커의 작품에 등장하는 주인공들은 얼핏 보기에 보통이나 정상이나 평균에서 벗어나 보이는 경우가 많다. 《구덩이》의 주인공은 학교에서 따돌림 당하는 뚱뚱한 아이로, 뜻하지 않게 범죄를 저질러 소년원에 가게 된다. 《The Boy 얼굴을 잃어버린 소년》의 주인공은 또래 아이들과 잘 어울리지 못해 고민한다. 육 학년 교실에 있는 여덟 살 천재 소녀인 이 책의 주인공은 새커 작품의 어느 주인공보다도 더 특별하고 이상한 상황에 빠진 아이다.

이런 아이들의 이야기를 통해 새커가 보여 주고 싶어 하는 것은 우리가 흔히 가지고 있는 고정관념과 상식과 편견을 뒤집는 일이다. 《섬데이》에서 인상적인 대목 중 하나는 앤젤린 아빠의 직업과 관련된 이야기다. 앤젤린의 아빠는 청소 트럭을 모는 청소부다. 아빠는 자신의 직업을 떳떳하게 생각지 않고 자신과 달리 딸은 성공하는 삶을 살기를 바란다. 하지만 정작 앤젤린은 아빠의 직업을 자랑스럽게 여기며, 학교에서 쓰레기부장을 맡게 되었다고 기뻐한다. 앤젤린은 사회적 편견 뒤에 있는 뭔가 더 본질적이고 인간적인 부분을 보고 있는 것이다.

이렇게 새커의 작품들은 겉으로 보이는 몇 가지 특징으로 어떤 사람에 대해 쉽게 판단을 내리고는 그 사람의 다른 면을 제대로 보려 하지 않는 우리의 마음 자세에 대해 다시 생각할 기회를 준다.

　사랑스럽고 특별한 천재 소녀 앤젤린의 세상을 향한 도전을 보며 독자들 마음도 몇 뼘 더 자라고 다른 사람을 이해하는 폭도 한결 넓어지기를 바란다.

김영선